entre facas,
algodão

# joão almino

# entre facas, algodão

1ª edição

EDITORA RECORD
RIO DE JANEIRO • SÃO PAULO
2017

CIP-BRASIL. CATALOGAÇÃO NA PUBLICAÇÃO
SINDICATO NACIONAL DOS EDITORES DE LIVROS, RJ

A455e
Almino, João, 1950–
  Entre facas, algodão / João Almino. – 1ª ed. –
Rio de Janeiro: Record, 2017.

ISBN: 978-85-01-10923-1

1. Romance brasileiro. I. Título.

17-42243

CDD: 869.93
CDU: 821.134.3(81)-3

Copyright © João Almino, 2017

Todos os direitos reservados. Proibida a reprodução, armazenamento
ou transmissão de partes deste livro, através de quaisquer meios,
sem prévia autorização por escrito.

Texto revisado segundo o novo Acordo Ortográfico da Língua Portuguesa.

Direitos exclusivos desta edição reservados pela
EDITORA RECORD LTDA.
Rua Argentina, 171 – 20921-380 – Rio de Janeiro, RJ – Tel.: (21) 2585-2000.

Impresso no Brasil

ISBN: 978-85-01-10923-1

Seja um leitor preferencial Record.
Cadastre-se em www.record.com.br e receba informações
sobre nossos lançamentos e nossas promoções.

Atendimento e venda direta ao leitor:
mdireto@record.com.br ou (21) 2585-2002.

Agradeço à minha mulher, Bia Wouk, por sua leitura cuidadosa, e a Natália Almino Gondim por suas sugestões.

Em memória de Maria José Almino de Queiroz, de Natália de Queiroz e Souza e de João Almino de Souza.

*Car aux troubles de la mémoire sont liées les intermittences du coeur.*

Marcel Proust

# Sumário

1. Taguatinga, Setor A Norte, QNA 32 — 13
2. Voo Brasília-Fortaleza — 47
3. Fortaleza, Beira-Mar — 65
4. Riacho Negro — 95
5. Várzea Pacífica — 135
6. Brasília — 153
7. Taguatinga, Setor B Norte, QNB 8 — 175

Posfácio, de Hans Ulrich Gumbrecht — 189

# 1. Taguatinga, Setor A Norte, QNA 32

*31 de março*

Clarice havia mandado uma mensagem pelo Facebook.

O que ela quer contigo? Patrícia me perguntou, mais amarga do que nunca, nós dois sentados numa poltrona da sala.

Caía uma chuva torrencial.

Você leu. Sabe tanto quanto eu.

Eu tinha esquecido de sair do Facebook. Patrícia aproveitou pra vasculhar minhas mensagens. Inadmissível!

Não, não li. Só vi que foi ela que lhe escreveu.

Duvido. Deve ter visto que ela não quer nada comigo. Só me deu uma dica.

Dica de quê?

Saco! Patrícia querer me controlar. Podia ter-lhe dito a verdade, se é que ela não sabia. Pouco me custava. A mensagem de Clarice nada tinha de pessoal. Nada que denotasse afeto entre nós. Absolutamente nada! Quase mensagem comercial. Soube por meu amigo Arnaldo de meu interesse em comprar um terreno nas redondezas e me passou a dica. Também me informou seu e-mail e número do celular. Só isso.

Não interessa, respondi.

Interessa, sim. Acha que esqueci o que essa perua representa pra ti?

Agressão gratuita. Como me arrependi de contar tudo. Falar de meu passado. Entrar em minúcias logo sobre Clarice! Sou mesmo um idiota, um imbecil!

Ou fui. Era lá no comecinho, quando achávamos que, como estávamos apaixonados e o mundo não faria sentido se não estivéssemos juntos, tínhamos que abrir nossos corações e contar tudo, absolutamente tudo. Sinceridade total. Respeito à verdade, que não podia ter qualquer remendo. Patrícia nunca esqueceu o menor detalhe sobre Clarice.

Ainda chovia. Os relâmpagos clareavam as janelas. Os trovões ribombavam sem parar, querendo dramatizar nossa discussão.

Não representa bulhufas. O terreno que está à venda, sim. É o que eu quero. *Eu*, entende? Onde passei minha infância.

Na mensagem Clarice diz que minha casa foi destruída. Mas o terreno à venda ainda preserva a antiga casa-grande da fazenda do pai dela, o Riacho Negro. E como o Riacho Negro me traz recordações! Se não leu, Patrícia adivinhou o que dizia a mensagem, pois perguntou:

E por que ela não compra?

Irritado, respondi, porque quer que *eu* compre.

Ah, é isso, né? A sem-vergonha quer que tu vá morar perto dela.

Como sabia que Clarice morava perto do terreno? Isso a mensagem não dizia. A verdade é que, se eu comprar o terreno, serei quase vizinho de Clarice.

Não. *Eu* é que quero morar perto dela. *Eu* é que quero, entendeu?, respondi, irônico, elevando a voz.

Posso saber por quê? Nem precisa me responder, já entendi tudo, disse, sem considerar minha ironia.

Pensando bem, não há mesmo ironia. Me dá enorme prazer ser vizinho de Clarice.

Porque sim, respondi.

Pois então compre a merda do terreno e se afunde nele, Patrícia berrou. Vá logo, seu bosta. Eu sabia que não podia confiar em você!

Meu casamento com Patrícia sobreviveu a infidelidades, e esse assunto boboca não devia ter provocado tanta zanga.

Pois é o que vou fazer, me flagrei dizendo, só porque uma provocação leva a outra e mais outra.

Descarado! Saia já de casa, gritou ainda mais alto.

Não era pra tanto, mas a arenga continuou por horas, em gritos insensatos, gota d'água para nossa separação sempre adiada. Basta dizer que, sem se importar com a chuva, Patrícia jogou minhas roupas pela janela. Um sapato caiu do outro lado da rua, na calçada em frente, e encheu-se de água.

Não desisti. Debaixo de chuva, juntei todas as coisas, sem medo do ridículo perante os vizinhos, e voltei pra casa. Patrícia tentou me agredir fisicamente. Só me defendi, não queria parar na delegacia. Depois me tranquei num quarto. Decidi que sairia de casa, mas não enxotado. Patrícia não insistiu, apenas deixou de falar comigo, no que lhe correspondi. Se não me expulsava, eu estava no lucro.

## 1º de abril

Não é mentira, apesar do primeiro de abril: vendo à minha volta, meu casamento com Patrícia não é dos piores. Temos muito em comum. Conversávamos, o que nem todo casal pode dizer. Nos beijávamos, feito notável depois de décadas de casamento. E os ciúmes de Patrícia são prova de que ainda me ama.

Só não tenho os mesmos ciúmes que ela porque há muito deixou de cantar nos bares e hoje não vejo rival à minha altura entre seus colegas dos Correios. Não tinha a menor intenção de me separar dela. Mas a briga cresceu feito suflê fora de meu controle. Não tem mais jeito. Me fez acreditar que é melhor mesmo voltar pro Nordeste.

Vou responder a Clarice. Pedir detalhes sobre o vendedor do terreno. Se conseguir negociar bom preço, pergunto se ela aceita que lhe passe uma procuração pra que cuide da transação no cartório de Várzea Pacífica.

*Abril, Páscoa*

Clarice me deu o número do vendedor. Depois de negociar com ele os termos da compra, liguei pro celular dela, achei melhor conversar. Aceitou que lhe faça a procuração. Não tocamos no assunto mais pessoal. Perguntei por Miguel, seu irmão. Está bem, fora as dificuldades nos negócios. Passa a maior parte do tempo viajando.

Pensei em tanta coisa antes de ligar... Em perguntar se ela se lembra de tal ou qual momento, como se sente vivendo sozinha numa fazenda, se alguma vez pensou em mim... Meus sentimentos ficaram embotados. Mas foi possível perceber emoção na sua voz. Sobretudo registrei bem o que disse:

Que bom que você está voltando.

Escavando sob meus pés, encontro muitas lembranças dela. Os sonhos têm memória. A Clarice do futuro — acho que existe, apesar de tudo — tem muito da Clarice do passado.

Se não me engano, foi em 58, plena seca, quando pela primeira vez senti por ela algo parecido com o amor. Não quero falar demais, porque não tenho certeza e não me lembro direito. Era muito pequeno. Podia ser naquele ano ou em qualquer outro que o rame-rame era o mesmo, morcegos voando de madrugada, árvores peladas, o verde só nas folhagens dos juazeiros, nos xiquexiques e mandacarus, carcaças de animais pelos caminhos de terra poeirenta exalando bafo quente, o sol queimando e secando o mundo, dentro de mim tudo seco. Em poucas palavras, o de sempre, agora cruzado por algum caminhão-pipa e à espera da transposição do Rio São Francisco.

Ou talvez tenha sido inverno, pois me lembro do açude com água, o verde das árvores espinhentas e baixas, verde-claro e brilhoso, a roça atrás do açude também verde, e eu acordava cedo para ir ao curral ordenhar as vacas. Não sei direito, me desculpe quem vier a ler isto. Ou, ora bolas, não me desculpo, pois não devo me desculpar de minhas contradições se são as meras contradições do sertão, seco ou molhado, contradições que hoje ainda existem. Quando seco, a paisagem cinza, realçada por pedras e caveiras, digo sem nenhum exagero. Quando molhado, molhado demais, assustando a gente e causando desastres.

## 21 de abril

Feriado, fiquei em casa. Achei que Patrícia ia querer me perturbar. Me ignorou, pelo menos até agora. Fico tranquilo para continuar estas anotações sobre meus tempos do Riacho Negro, de Várzea Pacífica, aquela época em que Clarice foi tão importante pra mim. Um dia, quem sabe, mostro estas páginas a ela.

Pode ser até que não me lembre propriamente. Que a realidade daquele passado esteja só na minha imaginação. Devo estar misturando várias secas e várias enchentes. Então, sim, por essa confusão devo me desculpar com quem vier a ler estas anotações, feitas assim rapidamente sem preocupação com estilo ou vocabulário.

Olho meu passado não com orgulho, mas com resignação. Muitas das turbulências que me atormentavam se apaziguaram. O que me despertava paixão agora está arquivado na memória como fotos num álbum de páginas amareladas pelo tempo. Algumas dessas fotos, cobertas de fungo. Outras, tão coladas entre si que, quando a gente tenta despregá-las, se rasgam deixando brancos.

Clarice é exceção. Minha lembrança dela é nítida como a fotografia bem guardada no fundo de uma de minhas gavetas em que ela olha pra mim com olhar que sinto ser apaixonado e até hoje transmite vibrações por meu corpo.

Recupero pedaços de mim para criar esta história contraditória e verdadeira, que me atormenta. Por isso tenho que pôr pra fora. Como contraditórios e verdadeiros, além do sertão, eram mamãe, que me punia e me protegia, e meu padrinho, pai de Clarice, severo e carinhoso. Eu aceitava as mudanças de humor deles como aceitava mudanças de humor da natureza. Achava normais minhas alegrias e tristezas.

No inverno a chuva cobria o campo verde, o chão ficava marcado com o barro das botas, as conversas e risos se prolongavam no alpendre da casa-grande de meus padrinhos, os aboios se animavam no campo, as muriçocas me picavam na nossa casa de tijolo aparente e vermelho, eu me enrolava na rede e envolvia o rosto com o lençol, deixando só o nariz de fora e ouvindo os pingos bater nas telhas.

Já na seca, o sol impiedoso castigava a fazenda do Riacho Negro e me cegava a vista. A poeira açoitava os campos cinzentos, de árvores despojadas, o açude minguado, as cacimbas sem água, as pessoas zonzas cozinhando irritação no calor, e o curral vazio, o gado tangido para o Piauí.

Nisso pode ser que de novo misture tempos, me desculpem, a seca de um ano com o verão prolongado de outro. Mas não invento nada, no máximo é a memória que me trai aqui e ali, coisa da idade, aos setenta anos a memória falha. O que é certo é que as paisagens da secura traziam sempre as mesmas árvores calcinadas, a mesma ruína cinzenta e a mesma irritação. Acho que são sobretudo elas, as paisagens da secura, que marcam os sertanejos feito eu.

## 1º de maio

Vou aqui de feriado em feriado, nem sei por quê. Hoje imagino que haja discursos e protestos. Prefiro me concentrar nas minhas anotações. Procurei lá no fundo minhas memórias mais antigas.

Deve haver outras lá atrás, mas as que me chegaram logo foram as de um dia em que, deitado numa ponta do parapeito da casa-grande de meu padrinho, pai de Clarice, com 6 anos, eu ouvia o rádio a pilha Hitachi, novidade que acabava de chegar no Riacho Negro, alegrando o alpendre com forrós interrompidos pelos chiados da má transmissão. O rádio movido a bateria carregada por cata-vento, desligado. Noutra ponta do parapeito, a avó de Clarice, Dona Leopolda, gorda, de rosto redondo, bochechudo, metida num vestido florido até o meio da canela, fazia cigarro cortando com faca afiada o fumo de corda enquanto fumava cachimbo, soltando baforadas. Uma rede branca, sem ninguém, balançava no alpendre movida pelo nordeste que chegava forte. Da varanda se via um quarto separado da casa e, pela porta, selas e cabrestos, couros espichados, baús no chão e gibões pendurados nos tornos de rede. Talvez seja minha memória de um dia. Ou talvez, o que é mais provável, de muitos dias que se repetiam iguaizinhos, sem tirar nem pôr.

Arnaldo, um preto mais preto e dois anos mais velho do que eu, que hoje também mora perto da fazendola que quero comprar e com quem já me comuniquei, me chamou para ir ao açude buscar água. Ele morava com o pai, Seu Rodolfo, a mãe, Dona Vitória, e um magote de irmãos, na fazenda vizinha, do irmão de meu padrinho, que eu chamava de titio. Íamos com Quinquim, buchudo de lombrigas, mas magricela com cor de leite azedo, que, abestado, enrolava a língua e só tinha dois amigos: eu e o jumento Cinzento. Cinzento conhecia o caminho do açude, ia na frente. Todos os dias buscava água. Às vezes voltava só, nem precisava da gente, e ficava esperando até que a gente chegasse para esvaziar as caçambas.

Eu considerava Arnaldo meu superior, e com razão. Ele conhecia o nome de todas as rezes — vacas e bezerros —, sabia ajudar Quinquim com as caçambas d'água e enchia os quatro potes de barro que repousavam sobre o estrado de madeira do alpendre da casa-grande — hoje, me diz Arnaldo, substituídos pela cisterna. Embaixo deles depositávamos réstias de alho, cebola, panelas de barro e mochilas de sal. Para ali de manhã cedo trazíamos os potes de leite, que num canto da cozinha seriam mudados em queijo de coalho ou coalhada. Ali colocávamos os cachos de bananas para amadurecer, as bananas baba-de-boi, maçã, prata e casca verde que à medida que amadureciam exalavam seu cheiro. Meu padrinho, pai de Clarice, dizia para colocar as bananas verdes junto das mais maduras para amadurecerem depressa. Eu e Arnaldo às vezes roubávamos bananas-prata quando começavam a ficar amarelas e as comíamos quando descíamos com Cinzento para o açude.

Há coisas, já disse, que não me lembro direito, me desculpem. Não sei se foi neste dia ou noutro, a muda que morava na fazenda do tio de Clarice que eu chamava de titio tomava banho nua no açude. Surda, não ouvia o barulho dos nossos passos, meus e de Arnaldo. Se nos via, fingia que não nos via, e nós fingíamos não dar fé de seu fingimento. Não era a primeira vez. Embora mangássemos dela quando fazia caretas e barulhos incompreensíveis com a língua, era a principal atração da caminhada. Contávamos a Miguel, o irmão de Clarice, exagerando na beleza das coxas, da bunda e dos peitos, e ele ficava cheio de inveja. Só não conseguíamos dizer que era bonita de rosto, ainda que o cabelo louro, liso e comprido enfeitasse suas costas, pois, nisso concordávamos, a feiura de seu rosto assustava.

## 2 de maio

Um dia peguei uma aposta com Arnaldo na corrida — dia especial por uma razão simples: tem a ver com Clarice, de quem, afinal de contas, queria falar. Arnaldo corria mais rápido que eu. Me senti derrotado. Caí e ralei meus joelhos. Foi o fim do mundo. Ou melhor, seu começo.

O sol nos encandeava com desenhos amarelos. Projetava pra dentro da casa-grande os pilares do alpendre, marcando o chão e os potes de barro com sombras negras e violentas. Daquele dia perdura em mim até hoje um sentimento de drama e esperança.

De drama: de que a noite que caía me despojava de seu manto protetor; de que eu sempre tropeçaria sobre as pedras da ladeira; de que o horizonte nunca deixaria de ser incerto; de que, perdido, não encontraria o caminho.

De esperança: de que alguém me salvaria do desastre. Do alto da ladeira, joelhos ralados nas pedras, vendo o sangue, eu também via a casa-grande e, na frente, Clarice, que veio em meu socorro.

Uma guiné gasguita voava no terreiro com medo dos vaqueiros encourados. Então chegou um magote de ciganos, visitantes que a cada dois ou três meses passavam tangendo tropas de burros, mulas e cavalos carregados de bugigangas. Juntaram-se embaixo do pé de tamarindo do terreiro.

Vende este cavalo? Cadê o ferrão?, perguntava meu padrinho, o pai de Clarice, com voz raivosamente fina e minúcias de atenção, desconfiado dos ciganos, sem dar fé do sangue nos meus joelhos.

Eu não tinha dinheiro e queria comprar um presente para Clarice. Por gestos, um dos ciganos me deu a entender que eu poderia pagar depois. Escolhi um anel certamente de ouro e pedra falsos, que dei de presente a Clarice quando o sol já se escondia envergonhado e as galinhas se aquietavam no poleiro.

De noite — pode ter sido nesse dia e, se não foi, juntei com outro, sua prolongação natural — havia uma fogueira enorme, feita de muitas carradas de lenha, em frente à casa-grande. Devia ser junho, quem sabe dia 24, festa de São João. As labaredas iluminavam rostos risonhos, às vezes de gargalhadas escancaradas, gente dando volta em torno da fogueira, assando milho verde. No alpendre da casa, a brincadeira era outra, séria: joguei gotas da vela derretida num copo d'água, e a cera formou uma letra cê, cê de Clarice. A felicidade.

Naquela época falava-se em roubos de moça para se casar, e me contaram que um roubo tinha acontecido em Várzea Pacífica. O rapaz roubava a moça, e as famílias tinham a obrigação de fazer o casamento. Imaginava-me, então, chegando a cavalo numa das janelas da casa-grande e levando Clarice na garupa. Será que ela toparia?

Hoje falei com Arnaldo. Faz muitos anos que não nos vemos, mas sempre que nos falamos é como se tivéssemos nos encontrado ontem. Vamos nos comunicar por WhatsApp, ele propôs. Um sujeito que ele conhece está vendendo um carro de segunda mão. Vendo o meu aqui em Taguatinga para comprar esse outro quando chegar a Várzea Pacífica, se ainda estiver à venda. Comprar sem ver é que não.

Levo para a fazenda uma técnica de plantio direto do algodão com a introdução de culturas rotativas. Já consultei uma lista de empresas de energia solar fotovoltaica da região de Fortaleza, pois vou, sim, instalar placas de energia solar, pelo menos para as necessidades da casa principal, que não será a casa-grande, mas a minha própria, moderna e confortável. E vou aprimorar o sistema precário de irrigação, que existe há alguns anos. De novidade, há dois poços artesianos na propriedade, e a casa já tem cisterna, Arnaldo me disse.

## 7 de maio

Quando penso na viagem em breve ao Riacho Negro, o passado assume tonalidades acinzentadas, vago e fora de foco. Aqui e ali surgem luzes que iluminam, rasgões no escuro e sem continuidade, a cara encarquilhada de minha avó, os vestidos de chita de mamãe, o paletó de linho branco e botas lustrosas de meu padrinho, pai de Clarice, os chocalhos balançando nos pescoços das vacas leiteiras quando saíam de manhã cedo para pastar e voltavam de tarde para o curral, o pião que eu jogava na calçada alta de cimento da casa-grande, os papagaios a voar quando o nordeste chegava quente soprando galhos secos, o meu carneirinho branco no qual eu montava antes de levá-lo ao chiqueiro no final da tarde, o gibão, perneiras, peitoral e chapéu de couro de Seu Rodolfo, pai de meu amigo Arnaldo e marido da bela Vitória.

Vitória... Devo falar também dela? Me lembro que, na janela pobre, exibia um sorriso misterioso para mim em dentes perfeitamente alinhados, vestido leve e decotado mostrando o vinco entre os peitos. Não, não vou falar dela. É só uma imagem de passagem, um sorriso na janela, um desejo de menino.

Olhando nas cinzas do passado, vejo mãos calejadas no cabo da enxada e outras, delicadas, de Clarice, acariciando as bolhas de minha catapora, que ela queria pegar. Vejo os campos de algodão, branquinhos, muito branquinhos, subindo e descendo morros a perder de vista, e Arnaldo chamando-me para caçar avoantes, que chamávamos avoetes; para acompanhá-lo em algum trabalho, sempre em lombo de burro. E depois ouço suas gargalhadas cúmplices pelo caminho, vozes ásperas me dando ordens, outras me acalentando.

De repente surge minha irmã Zuleide, que hoje mora em Recife, dois anos mais velha do que eu, arengando comigo por causa de uma brincadeira que eu não entendia e continuo não entendendo. Pedaços do passado que chegam me assustando ou me convidando a um reencontro. É o que vejo; o que ouço. O resto imagino, e devo descrever?

Fecho os olhos. Lá no fundo aparece a paisagem do açude, de brilho pontuado por marrecos e mergulhões. Ainda estão lá? Às vezes descia com Arnaldo, tangendo o jumento Cinzento até a vazante para colher capim, melancia ou jerimum. As melancias se espalhavam feito erva daninha, um tapete verde pelo meio das plantações de milho. Enchíamos os caçuás, e Cinzento penava subindo a ladeira empedrada para que depositássemos a carga nos tonéis dos armazéns ao lado da casa-grande.

## 21 de maio

Papai não aparece por esses rasgões de luz que vejo nas cortinas embotadas do passado. Minto. Ele aparece, e muito, quando vejo, assombrado, o que não vi: a faca dilacerando sua barriga, o sangue escoando feito rio pelo chão, o cadáver encostado na porta de um beco de Várzea Pacífica, a cidadezinha perto da fazenda do Riacho Negro onde morávamos...

E então talvez quando o que vi com apenas dois anos, não tenho certeza, as imagens estão fora de foco: uma cova funda, um montículo de terra com flores e uma cruz... Ele é uma história terrível que me angustia sempre. Ou então é uma fotografia junto com mamãe, fotografia retocada a cores, na qual o rosto preto de mamãe está rosado e seus lábios trazem um batom de um vermelho que nunca vi ao vivo. Uma fotografia emoldurada e pendurada na parede da sala de nossa casa pobre, de tijolo vermelho.

O assassinato de papai cozinha alguma coisa dentro de mim, uma coisa que vai explodir, tenho certeza. Vingança?

Quando eu chegar ao Riacho Negro e sobretudo quando visitar Várzea Pacífica, ainda vou me deparar com esse fato do passado que não para de me atormentar. Enfrentar necessariamente o assassino.

Parto dentro de uma semana, está tudo certo. Fujo da secura que começa. Não tem caído pingo d'água neste planalto.

Clarice me enviou a escritura do terreno que comprei por procuração. Arrumei minhas coisas e despachei há exatamente treze dias uma pequena mudança, que Arnaldo vai receber e acomodar na casa da fazenda. Encarreguei-o também de comprar sementes de algodão para o plantio, quando eu chegar.

*Ainda 21 de maio*

Não me lembro, claro, da morte de papai como me lembro da morte de vovó, mãe dele, a primeira moribunda que vi de perto. Ela não conseguia comer, sequer beber água. Quando tinha sede, umedeciam sua boca. Era só ossos, rosto de sofrimento e bondade. Morava conosco — com mamãe, minha irmã Zuleide e comigo —, nos fundos de nossa casa de tijolo vermelho. Soube anos depois que meu avô, ciumento, a maltratava. Proibia que saísse de casa. Por causa de uns olhares na igreja, deu-lhe uma surra tão grande que deixou para sempre marcas no corpo. Pelo que sei, ela nunca se queixou disso.

À beira da morte, queria que eu estivesse a seu lado. Covarde, fugi. Me cansei de ficar ali perto e a abandonei. Não me perdoei quando, ao acordar, vi seu corpo que jazia com flocos de algodão nas narinas.

No enterro, eu me agarrava na saia de mamãe, que segurava as alças do caixão, única mulher a fazê-lo, os outros todos homens. Não vi o caixão descer na cova. Com uma forquilha de galho de árvore fui prender uma lagartixa. É assim que reajo diante das coisas grandes, as tragédias, procurando o que me salva à margem, o que me distrai, mas até hoje a culpa me persegue também por isso. Será que escrevo para me redimir de minhas culpas?

Me compraram calça preta de Nycron que não amarrotava e pregaram uma tira preta no bolso de minha camisa branca de algodão. Mamãe vestiu durante seis meses vestidos pretos e por mais seis meses vestidos branco e preto. É o que me lembro e talvez tudo o que me sobra da morte de vovó.

Mamãe também morreu há anos, de morte fulminante causada por transfusão de sangue infectado por aids. Na época eu já morava em Taguatinga, e ela ainda em Mondubim, nos arredores de Fortaleza, onde por alguns anos eu tinha lhe feito companhia. Fui vê-la. Deitei-me na sua cama, segurei sua mão, tentei tranquilizá-la, ela ia superar a doença, menti. Ela não sabia que era aids, os médicos tinham só falado de um vírus estranho e terrível contra o qual lhe aplicavam injeções experimentais. Escondido dela, chorei o maior choro de minha vida. Morreu no dia em que tive de regressar a Taguatinga. Não passou para a vida eterna como me disseram. A morte é que é eterna. Não adianta dizer que, na natureza, tudo se renova. Mamãe nunca pôde voltar.

Encerro meu comentário fúnebre dizendo que meu padrinho, pai de Clarice, morreu mais de desgosto do que de câncer, aos oitenta anos. Teve o melhor tratamento, num hospital de São Paulo, para onde o levaram quando havia metástase. Fiz-lhe uma visita no hospital. Emocionou-se quando me viu, doce como nunca.

Meu filho, filhinho, não se esqueça de seu padrinho, me disse com voz quase sumida.

A pedido dele, o corpo foi cremado, e as cinzas jogadas no Riacho Negro, o riacho que dava nome à sua fazenda e agora dará o nome à minha propriedade, bem menor do que o antigo Riacho Negro, devo confessar.

Quando meu padrinho morreu, falei por telefone com Clarice. Ela me contou que não tinha jogado todas as cinzas dele no riacho. O equivalente a uma colherinha de chá tinha guardado numa caixinha de metal, que nunca vi.

## 22 de maio

No Riacho Negro, meu padrinho vivia da lavoura do algodão, da oiticica e da carnaúba. Sobretudo do algodão. Me lembro que puxava com orgulho o capucho de algodão para mostrar o tamanho da fibra. Vendia os caroços de oiticica e carnaúba a intermediários que por sua vez os mandavam para o sul e o estrangeiro. Uma parte dos caroços ia para a alimentação do gado.

Era industrial empreendedor, figura até então inexistente no sertão. Numa fábrica em Várzea Pacífica, única em toda a região e hoje administrada por seu filho Miguel, meu grande amigo de infância, fabricava torta e farelo de algodão, na forma moída ou compactada, e óleo de algodão. Atento aos preços no mercado internacional, enviava o algodão não processado para Fortaleza, de onde era exportado.

As safras nunca eram iguais. Soube por Miguel que em 1976 e 1977 a fazenda teve as melhores produções e que em 1982 e 1983 enfrentou a praga do bicudo, que trouxe imensos prejuízos. A partir de 2000 e sobretudo em 2002, um desastre, safras mínimas, apesar dos investimentos para substituir o algodão mocó, arbóreo, pelo algodão herbáceo, de fibra mais curta, porém mais produtivo. Não havia como competir com o algodão importado, nem com a produção de São Paulo e Mato Grosso.

Pelo que me contaram, já antes que eu nascesse meu padrinho cuidava não apenas de sua família, mas também da nossa. Ou seja, protegia papai, a quem dava emprego na fábrica de Várzea Pacífica, numa época em que mamãe estava grávida de minha irmã Zuleide. Quando papai foi assassinado, abrigou a todos nós na fazenda do Riacho Negro e me tratou como filho. Trazia quase sempre um sorriso nos lábios estreitos sobre um rosto oval de testa comprida. Raros os seus acessos de raiva. Talvez por ser homem doce, sem voz grossa, presumiam controlado pela mulher e o chamavam de barriga-branca.

Por ela, que se dizia minha madrinha, nunca tive simpatia. Tinha cabelo crescido como mato selvagem, boca enfezada e maldade evidente nos olhos grandes, de predador, que os óculos de tartaruga não conseguiam esconder. Ralhava comigo a propósito de nada, os beicinhos ligeiros sempre ocupados com mesquinharias.

Lembro-me de uma vez, eu devia ter sete para oito anos, quando meu padrinho sem perceber fechou a porta da Rural Willys azul sobre o braço dela, e a ouvi esbravejar:

Seu corno! Preste atenção! Quase quebra meu braço. Seu corno!, repetia.

O insulto seria uma confissão? Eu me perguntava comentando o incidente com Arnaldo, que também a recriminava. Nunca tento me lembrar de minha madrinha, mas, devo admitir, a lembrança me vem gratuita trazendo uma matraca azeda. Não pretendo visitá-la quando for a Várzea Pacífica, onde vive já velhinha.

*Ainda 22 de maio*

Arnaldo mora numa fazendola muito perto da que quero comprar, não me lembro se já disse. Faz anos que não o vejo, mas agora temos nos comunicado com frequência por WhatsApp. Penso nele ainda como aquele meu amigo de infância, melhor companheiro meu do que Miguel, irmão de Clarice, porque podia me acompanhar a todo lado, assim como eu estava sempre pronto para segui-lo nas tarefas do roçado ou nas caçadas de tiús e preás.

Tenho certeza de que o tempo não mudou nossa amizade. Já com Miguel pouco ou mesmo nada tenho em comum hoje em dia. E olha que eu o considerava um irmão! É que as crianças soltas nos terreiros do sertão, andando de calção e descalças, cobertas do mesmo barro, feitas das mesmas alegrias e da mesma desgraça, não têm riqueza a ostentar e não medem suas desigualdades materiais.

Pouco a pouco Miguel foi percebendo minha inferioridade: a pobreza de minha casa e o meu par de sapatos gastos, apesar de mamãe fazer tanta questão de que estivéssemos, minha irmã Zuleide e eu, alinhados para as festas da casa-grande. Nossas roupas esgarçadas estavam sempre limpas e, quando brancas, muito brancas, o que me fazia ter cuidados especiais ao me sentar na beira da calçada da casa-grande, ao lado de Clarice, em nossas brincadeiras de criança, cochichando nos ouvidos uns dos outros, passando mensagens pelo telefone sem fio. Miguel não devia ter dessas preocupações, porque tinha muitas roupas e mais de um par de sapatos.

Mas eu não trocava minha vida pela dele. Eu era calejado, ele bisonho e mofino. Eu saía com os vaqueiros, ele ficava no alpendre, se balançando na rede e, como se diz, não dava um prego numa barra de sabão. Eu trabalhava com Arnaldo, descendo ao brejo, ao açude, para capinar ou colher melancias. Só muito de vez em quando ele podia nos acompanhar, pois madrinha não deixava.

## 2. Voo Brasília-Fortaleza

## 1º de junho

O avião subiu faz pouco. Voo Brasília-Fortaleza. Agora que Patrícia me deixou, deixo Taguatinga. Digo que foi ela que me deixou, embora seja eu que parti, pois a iniciativa foi dela, não há dúvida.

Teve razão e coragem. Eu não teria nem uma coisa nem outra. Mas fico matutando se o medo às vezes é que tem razão. A despedida foi dura e fria.

Seja feliz, ela disse, como se dissesse que se foda.

Você também, respondi.

A separação foi amigável, e muita coisa ainda tem que ser decidida. Ela ficou com a maior parte dos bens, inclusive a casa, mas não exige dinheiro. Combinamos que vamos formalizar o divórcio, porém não começamos a cuidar dos papéis. Sugeri aguardar um pouco, testar como vamos nos sentir com a separação.

Não tem volta, foi categórica.

A partir de Fortaleza irei de ônibus, via Mossoró e Várzea Pacífica, até à fazendola que comprei, à qual já dei o nome de Riacho Negro, nome que havia desaparecido daquelas terras, apesar de designar o riacho quase sempre seco que passa por ali e a enorme fazenda de meu padrinho, desapropriada há trinta anos, que nos velhos tempos incluía a pequena parcela que comprei. Podia ter continuado advogando por causas difíceis, mas, contas feitas, consigo viver da aposentadoria. Só não tenho mais economias, empregadas no terreno comprado. Riacho Negro. Para o plantio, recorro a um empréstimo.

Vou morar lá sozinho. Meus três filhos vivem longe, não vou falar deles, três homens. Que história é essa de tal pai, tal filho? Um faz bico, achando que faz cinema. Devo reconhecer, foi sempre o mais criativo, também o mais disperso, não conseguia se concentrar em coisa alguma, eu me preocupava por ele, achava que não seria ninguém na vida. Esse é o Paulo. Outro, Pedro, mais bem-sucedido, é engenheiro, o primogênito, que nos dava — a mim, a Patrícia e a mamãe — muito trabalho especialmente no primeiro ano, um chorão, que nos acordava de noite e estava sempre exigindo leite, no peito ou na mamadeira. Cresceu muito competitivo, na rua e na escola. Os dois moram em São Paulo. Achávamos, Patrícia e eu, que íamos parar nesses dois. Mas ela se descuidou de tomar a pílula, e talvez tenha sido de propósito por ler em algum lugar que fazia mal, podia dar câncer. E então nasceu Teodoro, que sempre foi rebelde, conflitivo. Hoje é subgerente num hotel em Fortaleza.

São diferentes entre si, mas se juntam para me contradizer. Temos opiniões contrárias basicamente porque sou velho e eles jovens. Ou talvez porque tive que subir a partir do mais baixo escalão, e eles partiram do patamar confortável que batalhei para que tivessem e portanto nunca conheceram as dificuldades de todo começo. Não entendem o quanto foi difícil criá-los e fazê-los chegar aonde chegaram. Pouco querem me ver e nunca me ajudariam. Sempre que nos encontramos, discordamos sobre qualquer coisa.

Mas avisei a Teodoro da viagem, e ele insistiu para que eu ficasse no hotel onde trabalha. Ele sempre foi especial, sensível e com nervos à flor da pele. Cresceu forte e musculoso, acho que para compensar o estigma contra os gays especialmente no Nordeste. Nunca falamos do assunto. Um belo dia nos apresentou, a mim e a Patrícia, a um amigo com quem pretendia morar. Só porque não fui entusiasta, concluiu que não gostei do rapaz.

Concluiu certo. Não gostei por razões difíceis de explicar, um riso em que não confiava, um sestro de piscar os olhos, além de não me dirigir a palavra.

Você diz que defende as minorias, é contra a discriminação, mas olha o que acontece em casa! Teodoro me jogou na cara.

Por mais que eu explicasse que nada tinha contra a escolha dele, não consegui convencê-lo. A ideia de que eu era contra a união dos dois se fortalecia com cada inverdade que eu dizia para satisfazê-lo, até que se separaram e o namoro foi substituído por outro e mais outro.

Teodoro teve razão de se mudar para São Paulo, cidade grande, onde cabem todas as possibilidades e o preconceito se dissolve. Mas agora, por causa do trabalho, foi

morar em Fortaleza. Reconheço que sua vida não é fácil.
Enfrenta preconceito que é o diabo. O risco de violência
é real, basta ler as estatísticas.

Além da aposentadoria, vou viver de plantar milho, feijão
e até algodão — ideia absurda, sei, não precisam me dizer.
Mas tem uma razão afetiva: recorda minha infância. Disso
ainda vou falar, sem contar tudo. Na verdade, em vez da
frase anterior, havia escrito aqui algumas linhas que resolvi
riscar. Se encontrar o jeito certo de dizer, pode ser que as
recupere numa possível revisão.

Agora só anotações práticas: a área a ser plantada,
relativamente pequena, não justifica que eu faça grande
investimento para a semeadura do algodoeiro. Não vou
comprar trator, pelo menos não no começo. Nem tenho
dinheiro pra isso. Tampouco quero voltar aos tempos da
tração animal, muito menos da enxada. Estudei o assunto.
Vi que a matraca pode dar conta do serviço, uniformizar o
arranjo do plantio e reduzir em muito seu custo.

Olhando as chapadas pela janela do avião — será a Manti-
queira? —, deixo aparecer outro ser que vivia dentro de mim,
outro de mim contra quem sempre lutei. Ser triste, de tristeza
terna e contente, que se relaxa na sua própria natureza. Que
talvez queira encontrar futuro no passado, tenho de admitir.
A gente não tem controle sobre o que se lembra. E o que se
lembra pode insistir em nunca ir embora, até acorda a gente
de madrugada. Pode estar pra cá ou pra lá do que aconteceu.

Às vezes fica difícil traçar a fronteira entre lembrança e
imaginação. Às vezes a realidade se impõe às duas. Às vezes

a fazenda que pertencia a meu padrinho me traz más lembranças. A fazenda ficava a três léguas de Várzea Pacífica, que, quando eu era criança, nem várzea nem pacífica era. Ali a vegetação secava no verão — isso imagino que ainda acontece — e, por qualquer coisa, armava-se o maior cu de boi. Assassinatos a todo tempo. Terríveis assassinatos! A mais terrível de todas as lembranças me chega por tabela, lembrança de lembranças. Papai assassinado a peixeiradas. Ainda vejo o sangue saindo de sua barriga, esguichado, desparramando-se pelo chão.

Lembranças mesmo, quando tenho, são vagas, de gritos, portas batendo, eu correndo por um descampado sem fim. Eu seguia caminhos sinuosos e esburacados ouvindo choros fortes de mulher, acho que de mamãe, de vovó. Finalmente chegamos ao lugar de chão ondulado e marcado por cruzes, onde, ao lado de um buraco sem fim, foi depositado o caixão que não sei se vi ou imaginei, em madeira lisa e pintada de preto. O montículo de terra ali ao lado me parecia uma montanha também infindável, montanha que eu não conseguia escalar. Lágrimas ainda caem de meus olhos pelo que não vi, me desculpo uma vez mais com quem tem paciência de continuar me lendo.

Como posso me lembrar direito? Tinha só dois anos. Sei da violência do assassinato de papai pelos relatos que ouvi anos depois. Mais de vinte peixeiradas, sangue escorrendo pela calçada. Sangue, muito sangue, um vermelho que mancha todas as minhas lembranças.

Sempre pensava naquele crime quando assistia à morte das novilhas no curral, vendo as machadadas, a carne esfolada e o sangue escrevendo garranchos no tapete de estrume, preto e fofo.

O assassino, preso, nunca admitiu o crime. Sujeitinho nojento, filho da puta. Não há dúvida: teve uma rixa com papai por uma migalhice — papai se recusou a pagar por um gibão de couro malfeito — e era assassino confesso de outras quatro vítimas. Cabra ranzinza, irritadiço, que batia na mulher aos murros. A filha, de tanto levar chibatada, enlouqueceu, foi o que me contou há muitos anos Arnaldo, aquele meu amigo de infância com quem troco mensagens por WhatsApp.

Li uma vez que é somente nos vivos que os mortos existem, assim como será apenas nos vivos que estas anotações podem sobreviver depois de minha morte. Papai é um morto que vive em mim. Por que ainda quero vingar sua morte depois de tanto tempo? A verdade é que quero. Aparece cada vez mais como necessidade, necessidade de um velho, necessidade cada vez mais urgente, como se me faltasse o que preciso fazer para me sentir completo.

Só de pensar que posso me encontrar com o assassino, o sangue sobe à cabeça. À medida que os dias passam, vejo que me sobra pouco tempo para cumprir minha missão. Claro que não foi só por causa de Clarice que comprei o terreno. Volto pra perto do desgraçado, o filho da puta. Saiu da prisão há vários anos. Nunca o procurei, mas hoje sei que, se o encontrar, eu o mato. Tenho de matá-lo. Não me importa nada passar o resto da vida na cadeia. Quem lamentaria? Meus três filhos, sei que não. Talvez minha irmã Zuleide... Falo tão pouco com ela! Na verdade, faz dois anos que não a vejo. Para Patrícia, preso ou não, tanto faz, deve estar contente de se livrar de mim. E, se eu morrer, será minha morte gloriosa, pelo melhor dos objetivos, me entendam ou não. Trago na bagagem um revólver.

## *Ainda no avião*

Estamos sobrevoando um temporal. A turbulência assusta a moça a meu lado. Nervosa, reza em silêncio.

Não vai acontecer nada, lhe disse, esboçando um sorriso.

Talvez ela não entenda como consigo manter a calma e continuar a escrever. Notei-a já na fila do avião porque me lembra uma prima de Clarice, Luzia, todo um capítulo que devo comentar de minha educação sentimental. Creio que minhas palavras tranquilizaram a moça, pois ela retomou a leitura no tablet. Não consigo enxergar o que lê. Talvez romance.

Mora em Fortaleza? perguntei.

Moro, foi tudo o que respondeu e voltou, séria e concentrada, à leitura.

Tem boca que só não digo que é de sapo porque é bonita e sedutora, parecida com a de Luzia, prima de Clarice que vinha de vez em quando ao Riacho Negro. Os lábios borram de vermelho o rosto que o medo tornou ainda mais branco. Os cabelos claros e bem cortados são tão curtos quanto de homem, se é que hoje cabelo curto seja coisa de homem. Desviou os olhos de seu tablet e olha para as costas do banco da frente. Será que está pensando, O que esse velho quer comigo? Definitivamente não há vantagens na velhice, e a experiência, que dizem se acumular com o tempo, de nada me serve nesta hora. A velhice vai destruindo nosso corpo, os músculos, e ainda bem que não me roubou a vista, que serve para apreciar a beleza da moça. Se ela voltar a olhar pra mim está pelo menos interessada em continuar a conversa. Vou esperar.

Diminuiu o barulho do avião. Deve ter atingido a altura ideal, de cruzeiro, e tenho a impressão de que voa mais rápido.

Luzia, a que lembra a moça ao lado, era filha única de tio Hélio e tia Elza. Eu os chamava de tios porque titio era irmão de meu padrinho, o pai de Clarice. Moravam em Fortaleza. Uma vez por ano em dezembro os três chegavam num jipe preto à fazenda vizinha à do Riacho Negro. Titio — homem grosso, de cara grossa e nariz grosso, de voz grossa que seria de locutor de rádio se não fosse nasal — passeava a careca lustrosa e vermelha pelo alpendre da casa-grande de meu padrinho com expressão de deboche, ironia nos olhos. Dele eu nunca podia esperar carinho, a menos que carinho possa ser expresso por ordens ou gargalhadas. Ordens enfurecidas. Gargalhadas severas, nada confiáveis. Admirava, contudo, a maneira como segurava o charuto, tirando baforadas. Na mulher, tia Elza, jovial e engraçada, eu entendia a graça. Gostava de usar pulseiras e colares e fazia poses com o corpo arredondado por carnes flácidas, de quem não fazia exercício.

Num certo ano, não me lembro qual, Luzia, então talvez com 15 anos, aparecia mais crescida, já muito mulher, se tamanho do busto e do traseiro puder ser considerado medida de mulher. Doze meses haviam feito diferença. Tinha um rosto de bolacha risonha, as mesmas bochechas rosadas da mãe e olhos inquisitivos. Suas anáguas engomadas armavam as saias, que, aos ventos, ficavam mais arredondadas, mostrando as coxas. Falava rápido e muito, elétrica em seus gestos. A moça aqui do meu lado tem as feições dela, e talvez por isso me lembro de Luzia. Olhei pra ela. À diferença de Luzia, seus gestos são comedidos e seu busto e traseiro, resguardados por vestido que sobe ao pescoço e desce ao joelho, não devem ser tão grandes. Sorriu pra mim pela primeira vez, mas logo voltou ao tablet, concentrada como sempre.

Tudo começou naquelas férias quando Luzia tinha seus prováveis 15 anos e se transformou para mim na própria imagem do pecado. Tudo, quero dizer, o incidente no armazém de algodão e seus desdobramentos. Meu padrinho exigia que os filhos trabalhassem na lavoura do algodão, junto com os moradores da fazenda. Para aprenderem o valor do trabalho, dizia. Só estudar não enchia barriga de ninguém. Era preciso trabalhar e começar de baixo, criando calos nas mãos. Eu já capinava com a enxada e sabia do que ele falava.

Mas colher algodão era pegar no leve, porque nas saídas ao campo fazia companhia a Clarice, magrinha, boca que rasgava o rosto com lábios sensíveis. Mostrávamos um ao outro a quantidade de algodão colhido. Naquela vez, ficamos até tarde, o algodoeiro já começava a acinzentar, o nordeste soprava frio e, voltando da colheita, Clarice caiu sobre os flocos de algodão do armazém, esbaforida ao final de um longo dia de trabalho. Vendo-a tão linda de frente pra mim, deitei-me sobre ela. Nada aconteceu pelos padrões de nada que conheço hoje. Ela começou a rir, ria cada vez mais, riso nervoso, histérico.

Luzia abriu a porta:

O que foi?

Depois comentou comigo:

Coitada da bichinha. Ficou abalada. Isso não se faz.

Sobre minha camisa havia ficado um fio de cabelo de Clarice que guardei feito relíquia numa caixinha de fósforo.

Na mesma semana, ao abrir uma porta quando entrei na casa-grande à procura de meu amigo Miguel, irmão de Clarice, numa noite em que a lua subia indiscreta por cima da Serra do Braço Torto acariciando a paisagem com luz tênue, me deparei com Luzia vestida com uma anágua de cetim branco e um corpete cheio de rendados. O silêncio da noite foi interrompido por suspiros. Suspiros que ouço até hoje.

Luzia me puxou e trouxe meus lábios sobre seus peitos, que saltavam alegres do corpete. Mostrou-me os bicos eriçados e me disse para chupá-los como bicos de mamadeira. Fiz com gosto, estalando a língua nos ouvidos do silêncio. Depois colocou minha mão entre suas pernas e fez introduzir meu dedo médio e frágil na sua vagina.

Gemeu. Gemeu mais. Chegou a gritar, o que me deu medo. Me levou com seus braços fortes para atrás do guarda-roupa.

Faça comigo o que fez com Clarice, me ordenou com jeito de sargento bruto.

Sua pele clara e os olhos verdes me hipnotizavam — ela seria essa moça aqui a meu lado, se essa moça não fosse tímida e pudesse se comportar como sargento. O que eu havia feito com Clarice não conseguiria repetir, não só por ter sido espontâneo e impensado; também porque não lograria jamais ajustar meu corpo ao de Luzia, muito mais alta do que eu.

Então, com seu dedo!, me mandou.

Gemeu de novo e mais alto. Depois escorregou vagarosamente o corpo sobre a parede, sempre me puxando sobre ela. Acabou sentada no chão, eu caído ao lado dela.

*Faltando uma hora para
o avião chegar a Fortaleza*

Mais um degrau em minha educação sentimental, educação que não se interrompeu sequer com a breve vocação de seminarista que se seguiu à minha culpa. Eu rezava missa tendo Clarice e outras meninas na plateia. Uma delas tinha vindo por causa das enchentes. O açude do Orós, arrombado, inundara o Aracati, sua cidade. Seus familiares, conhecidos de meu padrinho, abrigaram-se na casa-grande, e, quando a vi, meu coração disparou feito açude arrombado.

Raramente chegavam carros à fazenda. A única estrada, estreita e sinuosa, atravessava um rio que desembocava no Apodi e que no inverno descia com barro e galhos ameaçando quem se aproximasse. Nas poucas vezes em que chegavam jipes ou caminhões, antes que surgissem no alto da ladeira em frente à casa-grande ouvíamos à distância por quinze ou vinte minutos o zumbido de seus motores. Naquela vez o rio não dava passagem, e no alto da ladeira a família que chegava do Aracati, a menina em frente, trazia malas nas cabeças.

Me apaixonei por aquela menina branca de vestido branco ao lado de quem eu ficava enquanto ela se balançava na cadeira de balanço do alpendre da casa-grande, sustentado por colunas de aroeira. Sua voz doce enchia as noites de uma alegria melancólica. Minha grande dúvida quando rezava a missa, levantando a hóstia de bolacha Maria, era se seria padre ou me casava com ela. Clarice ria de mim. Eu lhe pedia silêncio, pondo meu dedo indicador sobre sua boca, enquanto levantava a hóstia e, apontando para o chão, exigia que, não só ela, mas todas, inclusive a menina de vestido branco, se ajoelhassem. Clarice obedecia com olhar maroto. Confesso que não sei se a menina de vestido branco estava sempre de vestido branco, mas não me lembro dela com outros vestidos, senão com aquele, talvez de tule ou musselina, coberto de bordados também brancos.

Todas as tardes, às seis horas, ouvíamos a Ave-Maria de Gounod na casa-grande, no rádio a bateria alimentada por cata-vento. Às nove horas, antes que o motor de luz fosse desligado, nos juntávamos de novo na casa-grande e nos ajoelhávamos para o terço diante do oratório de madeira, incrustado num canto da sala. As mulheres cantavam, e meu padrinho se juntava a elas com voz desafinada. Minha madrinha balbuciava padre-nossos e ave-marias engolindo pontos e vírgulas e abreviando palavras. Dom Bosco aparecia, junto com Padim Ciço e o novo fenômeno, o Frei Damião, elevando todos nós ao céu, um céu plácido e indefinido que contrastava com o inferno sempre cheio de detalhes terríveis.

Às vezes chegavam estranhos vindos de outras fazendas ou visitantes de passagem, gente que, assim como aparecia de repente, desaparecia por longo tempo ou para sempre. Voltávamos — mamãe, Zuleide e eu — para nossa casa de tijolo vermelho, iluminada à luz da lamparina de querosene, que marcava o barro das paredes com sua fuligem trêmula. Eu dormia na sala, desviando-me das goteiras quando chovia. Tínhamos três cadeiras e alguns caixotes que também serviam de cadeira quando apareciam visitas, que recebíamos no alpendre de barro batido.

Pelo menos uma vez por mês acordávamos mais cedo para irmos à igreja de Várzea Pacífica. Um dia o padre, sabendo de minha vocação, perguntou se não queria ser coroinha. Aceitei e adquiri uma de minhas primeiras grandes preocupações na vida: saber quando tinha de tocar a campainha.

Os meses se passavam suspensos na minha esperança contida, com Clarice desviando-se de mim com sorrisos. Até que um dia, dois anos depois de nosso abraço sobre o algodão, achei que nos perderíamos juntos, subiríamos aos céus, dois anjos abraçados para sempre. O mundo ia acabar, o segredo de Lúcia previa. Mamãe chorava ao ler com dificuldade uma brochura recebida numa de nossas idas a Várzea Pacífica. Não sei quais são os planos de Deus, porque eu rezo todo dia, ela dizia, ainda com esperança de salvar o mundo.

Meu coração estava tão pesado quanto o dela, minha garganta alarmada. Por causa de uma brochura? Eu poderia rasgá-la, mas temia vingança. Mamãe arfava; soluçava. E mais esta: antes que o mundo acabasse íamos criar rabos no dia 31 de dezembro. Acreditei e rezei de joelhos para que Clarice e eu subíssemos juntos ao céu. Ou talvez — e então cheguei a pensar que com mais razão — ao inferno. Deus e o Papa, seu representante na terra, não podiam estar errados. Tudo, bichos, homens, plantas e até os açudes, os rios, mesmo as pedras iam acabar. Clarice e eu íamos subir abraçados ao inferno.

Mais tarde olhei à minha volta. O mundo não apenas não havia acabado, mas era indestrutível, feito de paredes de tijolo vermelho. Clarice tinha vindo à nossa casa pobre e brincávamos com ossos de rabo de boi.

Quanto a Luzia, que a moça ao lado me faz lembrar, voltava a cada ano. No sangradouro do açude, nos banhávamos todos juntos, e ali, numa ou noutra vez, recebendo o jato forte, grosso e gelado que nos empurrava uns contra os outros, roçávamos nossas coxas por casualidade, eu pulava, pulava, e me abraçava com ela, o que me excitava, mas, fora aquelas poucas ocasiões, nada mais acontecia entre nós, talvez porque ela tivesse namorado ou porque nos faltava oportunidade.

Que me recorde, uma única oportunidade melhor surgiu. Deve ter sido festa de São João, pois me lembro vagamente de uma quadrilha em que dançava com ela, depois de tomar goles direto da garrafa de um péssimo rum. Ela ainda era maior do que eu, mas, casa adentro, irrompendo por um dos quartos, consegui levantá-la e rodopiei com ela sobre meus ombros. Caímos, separados um do outro, sobre a cama. Ela então gritou alto e rindo:

Socorro, Clarice, olha o que está acontecendo!

Saí em disparada e não a vi mais naquela noite.

# 3. Fortaleza, Beira-Mar

## 1º de junho

A moça que viajou a meu lado me deu seu e-mail. Chama-se Mirna, professora na Faculdade de Letras da Universidade Federal do Ceará. Ainda bem que só soube disso na hora de me despedir. Fico intimidado com professores. De literatura, então? Estaria aqui me corrigindo, e não tenho mais idade para aprender.

Eu disse que Mirna se parece com Luzia, mas talvez não seja justo para com a professora. Vamos dizer assim: se Luzia tivesse uma alma sensível seria feito Mirna. Mirna é uma Luzia menos encorpada, mais frágil. Diferente também de Patrícia. Talvez eu esteja mudando de gostos. Que diacho, me afeiçoei dela. Tem graça uma coisa dessas?

Devia de cara ter convidado Mirna para jantar. Não ousei, e como me arrependo! Não devo me conter só por causa de Clarice ou de Patrícia. Patrícia é o passado. Clarice é um futuro incerto. O certo mesmo é a pomba na mão, não as duas voando. Uma conversa que fosse numa mesa de bar já valeria a pena. *Carpe diem*. Aproveitar os bons momentos.

Acabo de enviar um e-mail à professora Mirna dizendo que vou ficar aqui em Fortaleza por duas noites e que, depois de amanhã, dia 3, viajo para Várzea Pacífica. Será que ela aceitaria meu convite para jantar amanhã? Tenho pouco o que fazer aqui em Fortaleza, além de jantar com meu filho Teodoro e de acertar com uma empresa especializada detalhes de instalação das placas de energia solar na casa do Riacho Negro.

Meu encontro com Teodoro vai ser ainda hoje. É subgerente neste hotel. Quando lhe disse que passaria por Fortaleza e o convidava para jantar, insistiu para que eu ficasse aqui. Não me arrependo. O hotel tem vista para o mar, que hoje de noite não é verde como queria José de Alencar. É um mar escuro com pontos de luz lá no fundo, um navio que passa, paisagem que me lembra uma noite com Patrícia no alto das dunas da Praia do Futuro.

Teodoro protestou quando revelei o propósito de minha viagem. Não que esteja inconformado com minha separação de sua mãe, nem porque saiba de meus planos de vingança ou de meu reencontro com Clarice. O que não admite é que eu considere morar numa fazendola perdida no meio do nada.

Louco varrido, abirobado, me disse, fazendo círculos com o dedo em torno do ouvido. Não vai aguentar ficar lá nem um mês.

Não está no meio do nada. Fica pertinho de Várzea Pacífica, foi o que respondi, sem convicção.

A verdade é que não sei o que vou encontrar em Várzea Pacífica. Há muitos anos não volto lá. Foi em 1964 que meu padrinho se mudou com a família para sua casa de Várzea Pacífica. Também nos mudamos, eu, mamãe e minha irmã Zuleide. E Várzea Pacífica mudou minha vida. Até então eu não tinha frequentado escola, apesar de já grande. Resisti o quanto pude. Sugeri que mamãe me ensinasse o que eu precisava aprender, mas ela alegou que uma das razões da mudança era eu entrar para a escola. Me dava medo ficar encerrado toda uma manhã diante de uma mulher estranha, tendo de aprender coisas incompreensíveis. Zuleide, um ano na minha frente, não protestou.

Que Zuleide não protestasse e até gostasse, era problema dela. A mim a escola parecia castigo, os alunos todos amontoados numa sala mínima, de paredes imundas, sem móveis, diante de uma mulher de óculos estreitos e cabelos compridos, tão baixa que devia ter pouco mais do que minha altura. Mas a mulher gorda com cheiro de alfazema e vestidos de florezinhas elogiava cada sílaba que eu conseguia soletrar. Fiz esforço para corresponder a suas atenções e, então, progressos rápidos. Passei a gostar dos livros, o que não era bem-visto por meu padrinho. Preferia que eu fosse como seu filho, meu amigo Miguel, um menino prático, que sabia contar. Na escola a justiça se aplicava, não com bolos, cocorotes e puxões de orelhas como em casa, mas sim com palmatória, de madeira maciça e inteiriça, cabo longo e ponta redonda.

Eu a merecia e não me revoltava, mas invejava Miguel e Clarice, que frequentavam uma escola particular que não era desleixada feito a minha e para onde não tinham de levar de casa suas próprias cadeiras, como eu fazia. Funcionava na sala da casa de Dona Antonia, a professora, sala única que recebia alunos de todas as séries do curso primário. A casa ficava de frente para a praça onde, junto com o pátio da igreja, se concentrava a vida social de Várzea Pacífica. Ali circulavam os boatos, se discutia política, muito mais a local do que a do país, e à noite ouvíamos as músicas de um alguém para outro alguém no alto-falante.

Confesso: contando tudo, não tenho só más recordações de Várzea Pacífica, como talvez, não sei, tenha dado a entender. Ao passar pela casa de meu padrinho depois das aulas, enquanto ele bebia sua dose de cachaça Colonial e Miguel era obrigado a tomar seu banho diário, eu me deitava no parapeito da varanda para ver passar as normalistas.

Que menino lindo, me diziam.

Lindinho, me repetiam.

Com a cabeça voltada para a rua, pensando em Clarice, na menina de vestido branco e sobretudo em Luzia, eu esperava que o nordeste levantasse suas saias.

## Ainda 1º de junho

Antes de continuar estas anotações, deixo aqui apenas um registro importante: o do meu encontro com meu filho Teodoro. Desta vez não estava agressivo comigo, talvez porque tenha vindo com o namorado, que queria me apresentar, e ficado aliviado com minha reação. Esperava, quem sabe, que aflorasse em mim a mentalidade machista de quem vem de Várzea Pacífica ou do Riacho Negro. O rapaz simpático também trabalha na área de turismo. Dá para ver que se dão bem.

Perguntaram se eu ainda mantinha contato com gente de Várzea Pacífica ou das fazendas próximas ao Riacho Negro. Sem delonga, falei em Arnaldo, em Clarice e em seu irmão Miguel, que havia sido meu melhor amigo de infância, quase um irmão.

Não entrei em detalhes. Não contei de minhas brigas com Miguel, nem de suas traições. Ele me prometia o que não cumpria. Tinha o que eu não tinha. Não me emprestava seus brinquedos. Mofina, não podia sair de casa, quando eu estava sempre na rua. Chorava a propósito de nada. Resfriado, caía de cama, e a madrinha punha compressas de álcool em sua garganta.

Uma vez brigamos a ponto de nos machucar. Ralei a batata da perna numa pedra, que me cortou, deixando-me uma marca até hoje. Ele me denunciou e recebi repreensões severas de meu padrinho. Madrinha, que eu não considerava minha madrinha, não deixava que Miguel saísse para se enlamear nas ruas, construir pontes e edifícios de barro, nem navegar os rios com barcos de papel. Então eu vinha para a casa dele e brincávamos na sala inútil, chamada de visitas, que permanecia fechada, com cadeiras de palhinha desocupadas, uma Nossa Senhora de Fátima na parede com três pastorinhos ajoelhados diante dela e fotografias de meus padrinhos, de Miguel e de Clarice em cima de uma mesa. Por sugestão de meu padrinho, às vezes eu voltava para casa com um saco cheio de feijão, que eu retirava de um dos tonéis do quarto nos fundos do quintal. É para a mercearia de sua mãe, ele dizia.

Sim, esqueci de contar, mamãe abriu uma mercearia na parte da frente de nossa nova casa, que depois soube tinha sido arranjo de meu padrinho. Ficava duas ruas depois do mercado, num prédio acanhado, de porta única, letreiro simples, em vermelho, numa esquina. Ali ela passava horas atendendo aos fregueses, arrumando mercadorias em prateleiras, fazendo contas e escrevendo faturas. Zuleide e eu, quando não estávamos na escola, a ajudávamos. No andar de baixo, aos fundos, ficavam quarto, banheiro e cozinha, onde comíamos ao redor de uma pequena mesa quadrada. O que um dia fora sala era agora a frente da mercearia. Mamãe dormia na única peça do andar de cima. Subindo duas ruas, ficava a artéria principal da cidade, que começava na prefeitura e terminava na igreja, toda ela com calçamento de pedras. Nos becos laterais e poeirentos, bares com mesas de bilhar. Ali a qualquer hora do dia ou da noite eu topava com gente esfarrapada e de fogo, caída pelo chão, envelhecida antes do tempo, e tinha de saltar por cima de mijos nas calçadas. Nos balcões, bebedores profissionais marcavam com o dedo no copo o tamanho da dose de cachaça, que bebiam pura e de um gole só, fazendo careta, enquanto presenciavam xingamentos e brigas nas quais se quebravam garrafas ou se puxavam peixeiras.

Pelas ruas pedregosas, em direção ao mercado, passavam carroças tocadas a burros, carros de bois e homens descalços carregando sacos no ombro. Eu ouvia gritos, assobios, o barulho dos chicotes perversos sobre animais esfalfados e pedaços de frases que eu recompunha, preenchendo lacunas e imaginando rixas, intrigas e histórias de amor. No mercado, expostas à venda, peixeiras de doze polegadas como a que tinha matado papai.

Troquei o cavalo pela bicicleta, presente de meu padrinho. Me sentia um equilibrista de circo. Cuidava da bicicleta, baixava seu apoio para que a roda traseira ficasse levantada e com os pedais fazia-as rodar até o quase desaparecimento dos raios. Então colocava óleo no cilindro. Passava também óleo nos para-lamas para que brilhassem. Gostava de tocar

a campainha, que soava como andorinhas, sabiás e cabeças-
-vermelhas. Foi o primeiro objeto que me deu a sensação de
propriedade. Sentia-me dono de uma coisa mágica e cara.
Nem ligava que caísse e me ralasse todo.

Outra novidade eram os passeios à Praia de Tibau,
distante dez léguas por estrada carroçável, que passava
por Mossoró, uma estrada cheia de poeira no verão e ato-
leiros no inverno. Os morros de barro vermelho desciam
imponentes sobre a praia, formando quartos, corredores
e canyons. Eu e Miguel — que então eu já considerava
um irmão — saltávamos do alto aos labirintos onde nos
escondíamos. Nos dividíamos entre bandidos e mocinhos
em westerns, disparando tiros imaginários. E que prazer
cair morto sobre a areia fina e vermelha!

Também brigávamos, rolando-nos na areia. Depois
seguíamos até à praia. Podíamos explorar o mar raso em
longas distâncias sem que a água atingisse o pescoço. Acho
que foi numa dessas vezes que Miguel me confessou: os meninos da escola tinham enfiado o pau no seu cu. Eu deveria
acreditar? A confissão me deixou temeroso de seus afetos.

Íamos à praia todos juntos, meu padrinho, sua mulher, que,
como eu disse, era uma madrinha que eu não considerava como tal, mamãe, minha irmã Zuleide, Miguel e
Clarice. Logo nas primeiras férias, a nós se juntou Luzia,
essa que se parece com a moça que viajou a meu lado, filha
de um irmão de meu padrinho que eu chamava de titio,
homem grande e de cara grande, que me intimidava, e de
uma mulher que eu achava engraçada e chamava de titia.

Luzia passava as férias conosco sem os pais, que haviam ficado em Fortaleza. O namorado também tinha vindo, hospedado em casa de amigos. Eu não esquecia o que tinha acontecido entre nós e agora me imaginava capaz de fazer com Luzia o que antes não tinha conseguido. Pensava em invadir seu quarto quando voltávamos da praia e ela tirava o maiô, mas havia sempre gente por perto e mesmo eu não tinha coragem, pois parecia que ela havia perdido o interesse por mim.

Eu notava olhares de meu padrinho sobre mamãe, a pele escura moldada pelo maiô vermelho que eu então achava indecente e hoje consideraria discreto. Sentia ciúmes dela naquelas horas e me lembrava de uma cena que revivia de forma impressionista, pois não tinha certeza de que tivesse acontecido, como até agora não sei. Eu era tão pequeno que dormia na rede no mesmo quarto que mamãe. Na rememoração que mais me inquieta, meu padrinho, no quarto de nossa casa de tijolo, dizia:

Maria, isso não se faz diante do menino.

Eu então notava que mamãe trocava de roupa. Nua, com a calcinha presa entre as coxas.

Quando íamos à praia, aquela cena recorrente me fazia crer que alguma coisa poderia existir entre mamãe e meu padrinho. Mas, se fosse verdade, como explicar que minha madrinha, que, repito, nunca aceitei como tal, admitisse mamãe na sua casa e, não apenas isso, parecessem tão amigas? Das duas, mamãe talvez não fosse a mais culta ou a mais inteligente, tinha apenas aprendido a ler e a escrever. E não era rica feito a madrinha. Mas era a mais fina e bela, de uma beleza que contrastava com a brancura azeda de minha madrinha, e essas qualidades, que certamente não passavam despercebidas por meu padrinho, eram fonte adicional de preocupação para mim.

Ouvi conversas indiscretas.

Esta não é terra pra se criar filhos, meu padrinho gritou.

Apesar de ouvir as histórias pela metade ou aos cochichos, uma delas consegui recompor com nitidez: Luzia, agora com 18 anos, tinha sido pega em flagrante fazendo uma coisa inadmissível numa festa na casa de Ubiratan. Ubiratan eu conhecia, um afeminado, três anos na minha frente. O que poderia ter acontecido?

Vá no banheiro dos homens, Luzia me disse, indicando um banheiro público próximo à praia. Veja se escreveram alguma coisa sobre mim.

Não fiz o que me pediu. Em compensação, ao ouvir o barulho do chuveiro, subi pelo cano que dava para a meia parede do banheiro. Luzia, nua, curvou-se para proteger o corpo cheio e grande com as mãos. Virou-se de costas e agachou-se. Foi a primeira vez que gozei, sem contar masturbações ou poluções noturnas. Despenquei do cano e tive que engessar o braço.

Ela não me recriminou. Ao contrário, se compadeceu de mim, o que me comoveu. Ainda de braço engessado, descobri a razão dos cochichos na casa. Luzia tinha sido flagrada praticando com o namorado o que as moças faziam para preservar a virgindade. Hoje digo: praticou sodomia, mas os termos que ouvi encostando um ouvido na porta foram mais chulos.

A moça que viajou a meu lado lembrava Luzia apenas fisicamente. Com certeza é mais recatada e não só por causa do vestido que subia ao pescoço. Pelos gestos que pareciam de reza, deve ser religiosa. Simpatizei com ela, devia ter puxado mais conversa. Casada? É não. Pelo menos não trazia aliança. Será que aliança significa alguma coisa hoje em dia?

Vai ficar em Fortaleza?

Ela apenas me acenou com a cabeça.

Vou seguir viagem para o Rio Grande do Norte, esclareci.

Seus olhos piscaram alegres e tímidos.

Foi só mais tarde que me deu o endereço de e-mail para o qual escrevi. Já me respondeu. Amanhã não pode. Mas me passou o número do celular, também WhatsApp, e disse para eu ligar quando voltar a Fortaleza, o que pretendo fazer, só não sei quando.

## 2 de junho, madrugada

Devo registrar que meu padrinho cuidava bem dos filhos dos empregados. Amoroso com mamãe, até demais para meu gosto; e, para os padrões machistas do Nordeste, homem fraco, feminino nas reações, compreensivo. Mais tarde entendi sua agressividade, que fez prosperar os negócios que hoje, nas mãos de Miguel, seu filho e meu amigo de infância, estão em decadência devido a problemas nos mercados do algodão e da oiticica e à concorrência de São Paulo e Mato Grosso.

Soube ganhar dinheiro com tino empresarial e esperteza, aumentando a produção da fábrica de óleo de algodão, comprando outra fábrica na redondeza, fazendo doações para campanhas eleitorais e amizade com técnicos da Sudene para receber financiamentos e com políticos para angariar favores, como um terreno da prefeitura para a ampliação dos armazéns. Também enganava a Receita, contratando contadores capazes de contabilidades criativas. Um safado, só hoje reconheço.

Mínimo dos mínimos: lançar como despesa das fábricas as despesas pessoais. A Rural Willys azul era de uma das empresas. O motorista, Seu Tomás, empregado da mesma empresa. Seu Tomás nos levava, a mim e a Miguel, às salinas de Mossoró, distantes a três léguas, um terreno aberto, liso, plano, onde víamos miragens de lagos formados pela incidência do sol sobre o chão salgado e pirâmides de sal brancas e brilhosas subindo imponentes pelo horizonte. Naquela planície podíamos dirigir a Rural com toda a liberdade. Cada vez que eu apertava a embreagem, o freio ou o acelerador, me afundava e não conseguia enxergar o que havia na frente.

Quando já começávamos a falar grosso, Miguel sentia tesão por minha irmã Zuleide. Eu o desculpava e procurava controlar meus ciúmes. Agora meus padrinhos o deixavam sair à rua para jogar bola comigo. Ele era melhor no futebol do que eu e me protegia quando entrávamos em briga com outros meninos.

Fazia-me confidências. Ou seriam mentiras para compensar a história que tinha me contado sobre o que os meninos da escola faziam com ele? Luzia passara com seus peitos grandes, nus, pela sala onde ele dormia de rede e, numa viagem de carro, cheia de trepidação, ela gozara sobre seu dedo.

Não conte pra ninguém, me dizia.

Embora eu duvidasse da história, ansiava pela possibilidade de viajar ao lado de Luzia, o carro sacolejando pela estrada carroçável.

Miguel deixou crescer o bigode de poucos pelos, punha roupas caras, camisas bem passadas e sapatos brilhosos que contrastavam com minhas alpercatas. Parecia estrangeiro, mórmon americano, daqueles que passavam fazendo proselitismo religioso. Suas mãos, diferentes das minhas, não eram calejadas. Cabelo volumoso, repartido do lado e bem penteado para trás, diferente do meu, crespo e que eu mal conseguia pentear. Magro, esguio, rosto corado, olhos plenos de coragem e ousadia, ele havia crescido mais do que eu. Ficava mais facilmente vermelho de sol do que eu, que tenho, como disse, pele queimada. Ria das piadas e outras histórias que ele mesmo contava, seguro de si, já com gestos do futuro empresário. Quando largava a contar vantagem de si, não parava. Não me impressionava com sua suposta superioridade e passei a me orgulhar de meu cabelo pixaim. Porém me dava grande alegria quando, apesar de todas as nossas diferenças, diziam que tínhamos olhos parecidos.

## 2 de junho, manhã

De frente para o mar, recebendo a brisa do fim da tarde, relembro também meus velhos tempos nesta cidade, Fortaleza. Quando Clarice e Miguel se mudaram para cá, ela para estudar e ele para ajudar nos negócios da fábrica, ambos morando com o irmão de meu padrinho que eu chamava de titio, meu padrinho quis que eu me mudasse com eles. Eu havia completado 16 anos e podia ajudar na casa, cuidar do jardim e também estudar numa boa escola. Clarice já era uma moça, de baixa estatura, porém esguia e elegante, e por isso chamei-a uma vez carinhosamente de ema. Tinha voz e feição suaves e não perdera o sorriso nem a delicadeza ao falar comigo. Nela tudo tinha graça, até os traços da bruxa da minha madrinha, perceptíveis no nariz e rosto compridos.

No começo estranhei o grande aglomerado de casas, edifícios, as ruas cheias de carro e de gente — hoje multiplicados por várias vezes. Pensava em voltar para o sertão e para mamãe, para a liberdade de caminhar sozinho pelos becos de poeira ou lama. A casa se destacava na rua: um cubo branco, protegido por muro alto que deixava ver as duas varandas de ferro pintado de azul e as amplas janelas de vidro do segundo andar, onde ficava o quarto de meus tios.

A casa-grande do Riacho Negro deixou para mim de ser imponente. O chão agora, na casa de Fortaleza, não era mais de cimento pobre. O sol já não invadia a casa sem pudor, pois uma cortina alaranjada filtrava a luz que se refletia sobre os mosaicos coloridos da sala ou sobre os tacos de madeira dos quartos. Dois andares de paredes sem rugas, ligados por escada estreita. Nenhuma movimentação de porcos, cabras e crianças nos terreiros. Nem sequer galinheiro no quintal — com coqueiros, mangueira e dois pés de seriguela.

Titio vestia ternos e gravatas, impensáveis no sertão. Quando se sentava no sofá da sala para ler os jornais e tomar sua dose diária de uísque, e titia vinha a seu lado, anunciando a chegada com o tilintar de colares e pulseiras e a batida seca dos saltos dos sapatos sobre os mosaicos, aquilo me parecia cena extraída de um comercial de televisão. A própria televisão, acesa na sala todas as noites, era a maior novidade. O portão espiava as trepadeiras da casa em frente, que subiam pelas grades do muro, deixando ver as flores do jardim. Eu abandonava a televisão, titio e seu uísque, titia e seus colares, para observar aquele jardim tão cheio de flores que somente vi iguais quando me levaram às serras de Maranguape e de Guaramiranga.

Aqui em Fortaleza, o humor do mar variava, tanto quanto o da terra vermelha do sertão. Íamos com frequência à praia, Clarice, Miguel, Luzia e amigos deles. O sol era esplêndido e tão inquisidor quanto luzes de interrogatórios policiais, mas Clarice não quis me confessar o que eu julgava que sentia por mim. Cheguei a achar que meu julgamento se devia a mera projeção do que eu sentia por ela, até que na festa de final de ginásio de Miguel no Clube Líbano insisti que fôssemos namorados, e ela pareceu aceitar ao me dar a mão. Mas titio proibiu nosso namoro sem explicações. Titia acrescentou que um dia eu entenderia. Entendi logo: eu era pobre e ela rica.

No sábado seguinte, caminhei no sol quente até o centro da cidade, que fica a alguns quilômetros a oeste deste hotel. Passei pela Praça do Ferreira e dali segui, sem rumo certo e com incursões por ruas laterais, até à Praça José de Alencar, observando as lojas e as pessoas que se aglomeravam nas esquinas. Tendo apenas comido uma coxinha de galinha e tomado um guaraná, perambulei até de tardinha, quando voltei exausto. Talvez fosse questão de tempo. Clarice e eu éramos jovens e um dia poderíamos nos casar.

*Ainda 2 de junho*

Titio me proibiu de acompanhar Clarice à praia, mas me deu um presente de consolação. Me convidou e a Miguel para o Clube dos Boêmios, casa ampla, de frente para a Praia do Meireles, frequentada por vários senhores respeitáveis, inclusive ele. As moças do lugar não se pareciam com as putas do cabaré de Várzea Pacífica e nem mesmo com as que faziam ponto na Beira-Mar. Miguel enfiou-se num quarto com uma delas. Tomei uma dose de cachaça para criar coragem e finalmente me aproximei de uma mulher grande, bonitona, com um livro sobre o colo.

De que tu gosta? me perguntou, levantando a vista do livro.

Márcia — era o nome dela — lia romances para mocinhas, histórias de amor, livros que eu não conhecia. O álcool me ajudou a debruçar-me sobre ela. Transei pela primeira vez, para alegria de titio e de Miguel, que me espionaram pelas frestas da porta — depois me disseram. Não sei se titio havia pagado por mim, Márcia recusou qualquer pagamento. Transei pensando em Luzia.

Miguel tinha agora uma namorada, com quem saía nos fins de semana. Quanto a mim, com a conivência de Clarice e de Luzia, passei a ir à praia, escondido de meus padrinhos, para encontrá-las. Elas iam de carro, dirigido por Luzia — desde que começara a estudar informática numa universidade particular de Fortaleza ganhara um carro — e na companhia de outras amigas. Eu pegava ônibus e descia no lugar de costume. Achei que Clarice queria desviar minhas atenções para suas colegas, às quais me apresentava como um amigo de longa data da família, sem explicar minha condição subalterna.

Eu sentia atração por todas aquelas meninas, com um desejo específico para cada uma, mas por nenhuma meu desejo era tão permanente quanto por Clarice e por Luzia. Aquela com quem eu imaginava poder viver para o resto de minha vida, eu logo esquecia. Outra com quem num domingo eu queria transar — sem ousar declarar —, noutro domingo sequer sentia prazer em lhe dar a mão. Uma era alta, outra baixa. Uma magra, outra gordinha. Uma morena, outra loura. Uma falava alto, outra quase não falava. Esqueci todas.

Uma delas, de quem esqueci até o nome, me convidou uma vez para sua festa de aniversário. Senti-me abandonado por Clarice e Luzia, que fingiam não me ver. Os convidados, com taças na mão, desfilavam em torno da piscina, enquanto uma moça cantava e me encantava ao microfone com voz levemente rouca. Achei que me olhava, que sorria para mim, que me chamava com gestos ritmados das mãos e um discreto requebrar. Aproximei-me dela num intervalo. Três caipirinhas me incentivaram a dizer-lhe que havia me emocionado ao ouvi-la; que ela e sua voz eram lindas e que eu queria muito encontrá-la se ela quisesse; quando pudesse. Por que não agora?, perguntou.

Saímos para tomar um caldo de peixe num restaurante da Beira-Mar. Parecia que tínhamos vivido para um dia nos encontrarmos e contar um ao outro nossas histórias. Despedi-me dela com muitas carícias em partes proibidas e um longo beijo na boca. Era Patrícia.

*3 de junho*

Nas vésperas do casamento de Luzia, eu estava sozinho no quarto, sentado à escrivaninha, a radiola tocando, e Luzia entrou de supetão, vestida com um vestido amarelo de botões na frente, de cima a baixo. Sem me dirigir a palavra, começou a dançar ao som da música. Levantei-me. Fui em direção a ela, juntamos nossos rostos um ao outro, nossas barrigas se roçaram e logo dançávamos coladinhos. Todos aqueles anos não tínhamos ousado nos aproximar, e agora ela estava ali, algo inacreditável, abraçada a mim. Excitei-me e quis mostrar minha excitação sobre suas coxas, acontecesse o que acontecesse, ela que me recusasse se quisesse, eu não podia esconder meu desejo. Então, para minha surpresa, ela desabotoou o vestido, única peça de roupa que usava. Puxou minha mão sobre os seios e depois entre as coxas. Gozei sobre a calça preta de Nycron.

Olha pra mim, ela ordenou.

Estou olhando, Luzia.

Vou desmaiar, ela disse, apertando seu corpo ainda mais no meu.

Então fomos até à janela. Segurei os peitos grandes de Luzia, por trás. Ela riu, afastou minhas mãos. Quando comecei a abrir os botões de minha calça, ela me empurrou:

Esqueça tudo. Faz de conta que não aconteceu.

Ouvimos passos fortes no corredor. Entraram o noivo de Luzia e Clarice, enquanto Luzia se recompunha. Tentei disfarçar como pude, e não pude. A braguilha eu havia fechado rapidamente, mas o rosto, lívido, não havia onde esconder. Temia até que se ouvissem as palpitações de meu coração. Clarice deu meia-volta, bateu a porta com força e fez estalar do outro lado a raiva de seus sapatos sobre o chão do corredor.

O rapaz sério, barba bem-feita, permaneceu imóvel na minha frente. Esperei que me arrebentasse a cara. Não consegui decifrar o olhar gélido de ódio ou sofrimento. Fechei os olhos, oferecendo-me todo, disposto a tudo, no limite à própria morte. Abri os olhos para o mesmo olhar gélido. Aguardei palavrões, gritos... Ouvi um silêncio tenso e demorado. Pensei em dar uma explicação, mas qual? Só me restaria jogar algum desaforo na sua cara, mas as palavras ficavam engasgadas na goela, não queriam sair. Ele, contido, disfarçando a fúria se fúria houvesse, talvez esperando por meu primeiro gesto para reagir ou inchando por dentro para a explosão. Luzia, braços cruzados sobre o vestido bem fechado de alto a baixo, olhava assustada para um e outro.

Tive vontade de quebrar aquele gelo esmurrando o noivo de Luzia, que continuava calado na minha frente, vestido numa camisa bem passada de manga comprida, pouco adequada ao clima de Fortaleza, uma calça com vinco impecável, sapatos brilhosos e cabelos bem penteados repartidos ao meio. Lembrou-me Miguel.

Este é o Antonio, Luzia me apresentou, como se nada tivesse acontecido e estivéssemos num coquetel.

De cara amarrada, ele não me deu a mão.

Nunca mais fale comigo, mais tarde esbravejou Clarice, espritada.

Por quê? Não fiz nada.

Seu falso. Sem-vergonha! Vá pro inferno, suma da minha vida, falou com voz trêmula, prestes a chorar.

Triste assistir ao casamento de Luzia. Não recebi, ao contrário de outros, convite formal para a festa, mas madrinha me disse que não precisava, eu estava convidado. Fiquei de espectador, me embebedando com rum, assistindo à festa animada, música ao vivo, e vendo Clarice tão disputada para a dança. Passei mal.

Em casa, teria sido a hora de nos aproximarmos — Clarice e eu — sem a presença de Luzia, que se mudara com o marido potiguar para Natal. Mas Clarice cortou relações comigo. Tinha razão de não me dirigir a palavra.

## 4. Riacho Negro

## 10 de junho

Você veio pra mais perto e é como se fosse pra mais longe. Nunca jamais vou visitar você no Riacho Negro ou em Várzea Pacífica; e pode escrever o que lhe digo: você não vai aguentar morar lá sozinho naquele meio do mato, Teodoro falou em Fortaleza quando nos despedimos.

Quem lhe disse que vou morar sozinho? Sozinho, não, com duas empregadas arranjadas por Arnaldo, além da companhia de três moradores da propriedade, foi o que respondi.

E é verdade. Quando cheguei, eles já me esperavam no alpendre de minha casa. Terei conforto. Encomendei até internet, me desculpem se me repito. Tenho a impressão de que passei minha vida me preparando para este momento. Volto ao lugar de onde saí não mais na condição subalterna, mas na de proprietário, mesmo que minha propriedade não se compare com a de meu padrinho em tamanho nem riqueza. Sei que as coisas mudaram com o tempo ou então fui eu que mudei meu jeito de vê-las.

Uma ligação com o passado será o algodão. Falei com os moradores sobre o plantio — viável, apesar de atrasado. Tem de ser agora, com urgência. Caíram chuvas recentemente e ainda deve chover, o que vai ajudar na germinação das sementes. Depois vem a estiagem, mas o algodão, se bem semeado, não precisa de tanta água para sobreviver. Se o bicudo não estragar meus planos, podemos colher a safra em outubro, pleno período seco (como deve ser para não comprometer a qualidade da fibra). Discutimos o espaçamento e a densidade do plantio para que as folhas das plantas, quando crescidas, cubram, sem se entrelaçarem, toda a superfície entre as fileiras, que — decidi — serão duplas. Definimos o número de plantas por cova e calculamos quantos trabalhadores preciso contratar.

Fiz muita coisa ao longo dos anos, mas teriam sido anos perdidos, gastos sem objetivo, se eu não tivesse voltado para vingar meu pai, procurar o amor verdadeiro e não pudesse ainda provar que num ou noutro ponto o mundo não seria o mesmo sem que eu tivesse vivido.

Eu corria o risco de ficar embotado. Quanto tempo gasto na mera sobrevivência! Na rotina diária, acordar cedo, ir para o trabalho, ganhar o básico para alimentar a família. Mesmo depois, quanta energia empregada para a obtenção de pequenas satisfações que o tempo se encarrega de fazer esquecer. Salvam-se os melhores momentos com Patrícia, um incerto êxito profissional, ter ajudado um ou outro em suas causas... Mas será que ficou mesmo alguma coisa disso tudo? Das noites de insônia, da dedicação, do trabalho meticuloso, da determinação em vencer os obstáculos e até os perigos? Setenta anos! E os filhos, que não reconhecem os esforços e sacrifícios feitos em benefício deles! Mas não é hora de lamentar. Aqui quero coisas concretas; colher algodão.

Quando cheguei na fazenda, o sol iluminava o verde, não mais o verde novo do começo do inverno, mas ainda verde, agora verde-escuro. Logo uma fraqueza tomou conta de mim, como se eu tivesse perdido tudo o que tinha conquistado pacientemente ao longo de muitos anos para enfiar-me num passado que nunca podia voltar. Meio do mato! Será que Teodoro tinha razão? Era fim de tarde. À medida que me perdia nos meus pensamentos, as sombras deitavam-se nas árvores. Extraíam delas uma unidade, acinzentando todos os tons e tomando conta do mundo. Depois as estrelas, na escuridão da noite, agulharam o céu com dúvidas e angústia. Sei que vai levar um tempo até que tudo se esclareça e que apareça o resultado de meu novo trabalho.

O terreno que comprei inclui a antiga casa-grande da fazenda, não sei se já disse, uma casa que via como imponente e hoje me parece humilde. O terraço, no lado direito de quem entra, onde eu puxava alfenim com Clarice, menos comprido do que na minha lembrança. Toda a casa, menos alta do que quando vinha aqui. Nas paredes irregulares e de um caiado sujo, rachaduras e buracos por onde sobem lagartixas. A sala de estar, coberta de teias de aranha e ainda com seus armadores de pau, vazia de seus baús. A de jantar, sem a longa mesa de madeira maciça e gasta. Os quatro quartos e o corredor onde ficava uma máquina de costura usada por Dona Leopolda, avó de Clarice, parecem haver encolhido.

A cozinha, escura, com reboco vermelho e irregular, ainda tem o fogão de lenha. As vigas de sucupira aparentes precisam ser substituídas. Ao lado da casa, restos do quarto onde se penduravam selas e arreios dos cavalos. Gostei de ver no terreiro que o pé de tamarindo ainda existe. A casa de farinha e o pequeno engenho, que já quando eu era criança tinham deixado de funcionar, ainda abrigam o eixo e os raios de madeira que noutros tempos eram movimentados pelos bois encangados. Ali, quando eu era criança, se despejava o melado em fôrmas para fazer rapadura.

A nova casa fica a cerca de duzentos metros da antiga casa-grande, com uma enorme mangueira na frente. Moderna e mal construída, não notei logo seus defeitos, agora visíveis. Não há porta dos fundos. O único lado com alpendre esquenta demais de tarde. Não há meias-paredes nem aberturas para a ventilação, me disseram que para evitar a entrada dos morcegos que voam de noite pelas árvores em frente. A porta de um dos quartos não fecha direito. Quero ignorar esses defeitos e considerar que esta é minha casa, cheia dos confortos modernos: eletricidade, antena parabólica, telefone e, em breve, internet, além das placas de energia solar. Para mim isso basta.

Os móveis, poucos, foram trazidos por uma empresa de mudanças de um conhecido meu de Taguatinga também nordestino. Tenho ainda que desencaixotá-los. Até mesmo minha coleção de caixas de fósforo, a de caixinhas de metal e de madeira e a de selos, coleções que fiz ao longo da vida, vieram. Devem estar todas na única cômoda, que já mandei colocar no quarto de dormir. Numa de suas gavetas e dentro de uma caixinha de fósforo, está um fio de cabelo de Clarice.

Em frente à casa-grande, as pedras da ladeira onde ralei meus joelhos diante de Clarice não existem mais. Construíram ali uma estrada estreita, com pavimento já muito esburacado. Em direção ao poente, onde a vista não encontrava casas, e a planura somente era interrompida por uma parede de serras, agora se veem um aglomerado de casas e, próximo a elas, um reservatório de água arrodeado por uma área grande de verde. A casa do pai de Arnaldo, Seu Rodolfo, que ficava na propriedade de titio e em cuja janela sua bela mulher Vitória se plantava, desapareceu. O açude onde Cinzento ia buscar água, aqui pertinho, ainda existe, mas hoje uma bomba traz água encanada para a casa.

Tentei retomar contato com quem havia convivido quando criança. Quase ninguém mora mais aqui. Seu Rodolfo participou do Movimento dos Sem-Terra e liderou a desapropriação da fazenda. Nem sei se ainda vive, já devia ter perguntado a Arnaldo, seu filho. E Dona Vitória, será que guardou algum traço de sua antiga beleza? Minha madrinha, que, como eu disse, é como se não fosse, mora em Várzea Pacífica e tem quase 90 anos. Não quero visitá-la, repito. Dos meus velhos amigos, só vive nas redondezas Arnaldo, meu herói de criança, que considero homem bom, correto e menos ignorante do que imaginei para quem fez apenas curso primário. Não falei de Clarice, porque do óbvio não preciso falar.

Também mora aqui perto meu único inimigo, pessoa que pouco conheço, mas de quem ouvi falar desde que me entendo. O assassino de papai. Disse que, se o encontrasse, o mataria e estou me lixando se ficar na prisão o resto da vida. Nunca é demais dizer, vou enfrentá-lo, não há a menor dúvida. Anos de cadeia não apagam crime hediondo.

Meu amigo de infância Miguel, irmão de Clarice, que durante anos se dividia entre Fortaleza e São Paulo, hoje mora em Várzea Pacífica tentando salvar as fábricas da ruína, depois de ressuscitá-las da falência. Já quando Patrícia e eu nos mudamos de Fortaleza para o Distrito Federal, não sei se disse, passei a limitar o contato com ele a um telefonema por ano durante o Natal e a uma ou outra troca de cartas, depois substituídas por e-mails nada frequentes. Conto nos dedos as vezes em que me encontrei com ele, em geral quando ia de férias ao Ceará. No fundo mudei com o tempo; ele, não. Nossas diferenças aumentaram — diferenças políticas, de opinião —, mesmo que ele tenha se tornado menos rico e eu menos pobre. Será que somos da mesma espécie de gente?

Uma vez lhe escrevi para dizer-lhe: Agora sou advogado e moro em Taguatinga. Me respondeu com parabéns e perguntou por minha irmã Zuleide.

Claro, Zuleide! Ainda Zuleide, ele não se emendava, não tinha vergonha nem sensibilidade. Eu podia ter explicado que Zuleide morava em Recife, casada com um bom marido, médico, e mãe de cinco filhos. Nem respondi. Zuleide, única pessoa — coisa — que lhe interessa até hoje, negra avantajada, não bonita, mas de pernas longas e coxas grossas como ele dizia que gostava. Quando morávamos em Fortaleza, Miguel tinha chupado os peitos de Zuleide, que passava dias conosco. Sei disso, peitos novinhos e durinhos naquela época de adolescentes, ele dois anos mais velho que ela.

Nunca vi peitos assim tão lindos, ele sussurrou, segurando-os com as duas mãos.

Não é o primeiro que diz, ela respondeu.

Sei porque assisti à cena através das grades da janela do quarto que dava para os fundos da varanda onde se agarravam. Sem revelar que assisti à cena, enchi-o de ameaças. Ele não ousasse se aproximar de Zuleide ou teria de se ver comigo. Respondeu que eu não chegasse perto de Luzia, sabia que eu vivia me enxerindo pra ela. Me aquietei. Era ela por ela.

## 10 de junho, noite

O desentendimento entre Miguel e meu padrinho cresceu com o tempo. Depois de anos de uma fortuna que se expandia e se retraía feito sanfona conforme viessem a boa safra ou a seca, meu padrinho, barba e cabelo brancos lembrando pasta de algodão, foi definhando. Deixou que o filho assumisse as rédeas dos negócios e aplicasse novas técnicas bem como rigidez aos empregados. Ao contrário dele, Miguel não era generoso para quem precisava de ajuda. Meu padrinho balançava-se na rede, assumindo a derrota, e abandonou mamãe à sua sorte quando a mercearia de Várzea Pacífica começou a dar prejuízo, o que a forçou a se mudar para o Mondubim, nos arredores de Fortaleza, perto da casa de um pessoal que ela havia conhecido em Várzea Pacífica e que lhe mostrou o caminho das pedras. Vendeu a casa e a mercearia de Várzea Pacífica e com o dinheiro abriu uma bodega. A seu pedido, deixei a casa de titio em Fortaleza e passei a morar com ela nos fundos da bodega, auxiliando-a nos negócios.

Conversávamos pouco. Embora presumisse conhecer a resposta, um dia perguntei:

Por que a senhora quis deixar Várzea Pacífica?

Chamava-a sempre de senhora.

Melhor assim. Não dependo mais de ninguém.

Foi tudo o que confessou e mais não perguntei. Tinha que ver — achei — com meu padrinho. Quem mais poderia ser? Não era na fazenda dele que morávamos? Não tinha sido ele que a ajudara a abrir a mercearia de Várzea Pacífica?

Melhor ser independentes, concordei, pensando com meus botões, embora não fosse nada fácil sobreviver com o diabo da bodega. Dificuldades medonhas. A bodega abria cedo e fechava tarde. A gente inventava o que vender e, se alguém não encontrava o que queria, a gente se virava, fazendo de tudo para manter a freguesia. Trabalhava dormindo pouco, para ganhar uns cruzeiros a mais, e comendo pouco, para fazer render o pouco que ganhava. Era ainda escuro quando a gente acordava. De noite eu armava minha rede perto da porta da frente, para acordar se o freguês chegasse fora de hora. Se isso acontecia, Jaguar, nosso vira-lata magrela e amarronzado, latia forte. Quando conseguimos juntar algum dinheiro, comprei um carro velho, que me dava muita despesa e me deixava a pé, com a vantagem de me obrigar a entender de mecânica.

Passei no vestibular, quase reprovado em português. Frequentava de noite a Faculdade de Direito. Começo de outro caminho difícil. Mais tarde, com diploma na mão, ainda teria muito que lutar por emprego. Não segui por linhas retas, mas as linhas tortas também foram traçadas por Deus. Aceitei fazer o que nada tinha a ver com minha formação e quase desisti da advocacia. Porém havia passado no exame da OAB e achei que devia persistir. Assim, domando a impaciência, consegui deixar pra trás as piores derrotas.

Um dia fui ao enterro de titio, pai de Luzia, o irmão de meu padrinho dono da fazenda vizinha ao Riacho Negro. Miguel me disse que a *causa mortis* tinha sido desastre financeiro e, no atestado de óbito assinado por um amigo médico, ataque do coração. A apólice do seguro não cobria mortes por suicídio.

Clarice veio ao enterro sem o marido. Quase não nos falamos, mas trocamos olhares tristes. Antes de partir, lhe dei um abraço sentido, e ela encheu os olhos de lágrimas.

*16 de junho*

Agora Clarice está viúva, será que já contei? O marido morreu há mais de cinco anos. Cheguei a conhecê-lo. Cara legal. Os encontros foram poucos e sempre intensos. Num deles fomos à Prainha, perto de Fortaleza, para comer caranguejo. Depois caminhamos pela praia sentindo as ondas do mar morrer sobre nossos pés. Havia uma brisa forte, e Clarice me deu algumas belas conchas que catou. Noutra vez, Clarice e ele me convidaram para um fim de semana na fazenda, perto do Riacho Negro. Nesta vez notei que ele procurava disfarçar seu ciúme dizendo — como se não o afetasse — que Clarice sempre falava em mim e me admirava.

Sinceramente não sei direito o que fazia além de cuidar da fazenda. Nunca perguntei, nem a ele nem a Clarice. Bastava saber que integrava esse pequeno universo dos ricos que domina nosso mundo, ignorando a penúria a seu redor. Eu o perdoava por ter se casado com Clarice, ela tão diferente dele. Se não mudou, ela se vê ainda como de esquerda, se indigna contra a miséria e a desigualdade, pelo menos é o que me recordo. Que culpa tem ela de ter nascido numa família de rico?

Mesmo na frente do marido, tomava certas liberdades comigo, chamando-me para acompanhá-la à cozinha, colocando o braço sobre meu ombro, rindo de todas as bobagens que eu dizia e rememorando nossas brincadeiras de criança, o que me deixava encabulado.

Talvez quando a veja seja uma ducha de água fria, não tenhamos mais nada em comum. Por outro lado, devo admitir, o que passou não passou. Um dos objetivos de minha volta, o que deve estar perfeitamente claro agora, é encontrá-la. Mais que isso, se existem razões que me prendem ao mundo, Clarice é uma delas. Ela me dá ânimo para enfrentar as dificuldades, que não são poucas nesta minha volta. Sei que ela também quer me rever, se não por que teria me escrito aquele e-mail? Por que teria aceitado o convite para amizade no Facebook e logo me enviado uma mensagem com o endereço de e-mail e número de celular? Quando cheguei há quase uma semana, mandei-lhe um e-mail. Ainda não recebi resposta. Melhor ligar.

*18 de junho*

Sei que vim em busca de um tempo que acabou. Será que mudou para melhor ou para pior? Talvez as duas coisas. Agora em Várzea Pacífica há eletricidade vinte e quatro horas por dia, ruas asfaltadas, internet, e quase todo mundo tem telefones celulares. Nada disso havia na minha infância, somente muita poeira e muita lama. No entanto, olhando ontem à minha volta quando cheguei nessa cidade que já foi minha, as misérias de sempre estão mais espalhadas. Onde havia campo e secura há bairros pobres imunes aos muitos ventos políticos e às diferentes escolas de interpretação da realidade, umas devorando as outras e nenhuma capaz de mudar este interior de um jeito profundo.

Quando comecei a andar pela Avenida Central, eu não enxergava a Várzea Pacífica de hoje, porque tudo o que via, via só com olhos do passado. Estava cego e surdo, pois a atenção precede aos sentidos. Pouco a pouco minha atenção foi deixando que se misturassem os tempos, alguns elementos do presente se aproximando do passado. Crianças passavam por mim, rindo, conversando. Tive a impressão de que duas delas falavam sobre mim. Imaginei-me criança olhando um velho feito eu caminhando pelas ruas da cidade. Estariam essas crianças me vendo hoje com o mesmo respeito e temor com que eu via os velhos quando criança?

Não me parece. As crianças hoje são mais adultas, independentes e acreditam saber mais do que os velhos. Será que alguma delas se deita na varanda da casa para espiar moças na calçada como eu fazia? Esperando que o vento levante suas saias, quando basta se chegar a um computador para ver muito mais?

Melancólico andar pela rua principal, onde ainda circulam carroças; passar pela frente da antiga casa de meu padrinho, de minha escola e da escola de Clarice e Miguel; subir ao pátio da igreja e de lá ter uma vista geral do casario. Entrei na igreja. Os santos são os mesmos, o mesmo altar ao fundo. Me vi coroinha, ajudando a uma missa. Ajoelhei-me, como não fazia há muito tempo, mas não rezei. O silêncio era rompido apenas pelos passos de uma devota que parecia vir do passado e fazia o sinal da cruz. Tive a sensação de que fosse alguma conhecida congelada pelo tempo. Saí estonteado, perambulando pelas ruelas laterais até dar com a parede em ruínas de nossa antiga casa e mercearia, numa esquina suja. Tive vontade de conversar com aquela parede, meu muro das lamentações, que saberia ouvir meus segredos.

Como soube que Miguel estava na cidade, procurei-o na fábrica. Me recebeu em seu escritório. Frio e formal, apesar dos tapinhas nas costas e gargalhadas forçadas a propósito de quase nada, ou seja, meus planos de plantar algodão. Já sabia de minha compra do Riacho Negro, de minha separação de Patrícia. Perguntou por Zuleide. Me limitei a dizer que continua vivendo em Recife com o marido e que os cinco filhos já estão bem encaminhados na vida. Demorei só o tempo de tomar o cafezinho. Senti que não havia matéria para muita conversa. Ainda assim, ficamos de nos encontrar outra vez e trocamos nossos números de celular.

Venha visitar a casa do Riacho Negro, sugeri.

Vou, sim. Com toda certeza. Aviso.

*19 de junho*

A fazenda do Riacho Negro, claro, já não existe como eu conhecia. A de titio foi toda parcelada. Nela sequer resistiu a casa-grande. Seu Rodolfo, pai de Arnaldo, de fato morreu, como eu supunha. Num dado momento tornou-se proprietário de um pedaço — pequeno, é certo —, da antiga fazenda do Riacho Negro, pedaço hoje herdado por Arnaldo. Vitória ainda vive e se lembra de mim, Arnaldo me contou. Quem sabe algum dia lhe faça uma visita.

Luzia não frequenta mais estas terras. Nunca se separou do marido, contrariando meu prognóstico. Um filho foi preso por problemas de droga. Não sei o que é feito dele. Depois que Luzia se casou encontrei-me com ela por acaso uma única vez em Fortaleza. Tinha perdido a beleza, apesar dos cabelos esvoaçantes e dos requebros da saia vermelha. A pele, tostada de sol, cheia de manchas. Ganhara peso, e muito. Para ser gentil, eu disse: Precisamos nos encontrar. Ela respondeu com cara de nojo, como se fosse uma proposta indecorosa:

Está pensando o quê? Vê se te enxerga, cara.

*30 de junho*

Fui anteontem a Várzea Pacífica à procura do assassino de papai. Levei no bolso o revólver que trouxe na bagagem e também quis comprar uma peixeira igual à que ele usara para matar papai. Por isso passei pelo mercado, ainda no mesmo lugar, perto da antiga mercearia de mamãe onde hoje fica um bar. Não me senti à vontade de sair com aquela peixeira grande pela rua. Joguei-a dentro de uma sacola para não chamar atenção. Meu coração batia enquanto eu caminhava em direção à loja de couro do assassino, sem ter certeza do que aconteceria, sequer se utilizaria a faca ou o revólver.

Era meio-dia, sol a pino, calor sufocante. De longe avistei a placa da loja, mal-feita e amassada, com dizeres em preto sobre metal brilhoso, que mais pareciam pichação. A rua, com pouco comércio. Duas lojas abertas, uma mercearia e uma farmácia. O restante dos imóveis, todos residenciais, de portas e janelas fechadas. Vim caminhando com passos vagarosos, tentando medir a gravidade do que ia fazer. Cruzei com uma única senhora, de sacola na mão parecida com a minha, na certa futura testemunha contra mim num processo penal. Minha certeza de que eu não temia passar o resto da vida na prisão começava a fraquejar. Se fosse preso, perderia Clarice para sempre?

Porém havia a possibilidade de cometer o crime sem ser preso, crime como tantos outros que ocorrem no Brasil, nunca esclarecidos. A decisão sobre o que fazer e como fazer eu somente tomaria ao chegar diante da loja de couro. Uma só certeza: faria questão de que o filho da puta soubesse por que eu estava ali.

Avistei-o já de longe, no fundo da loja situada num prédio estreito. Notei uma rachadura nas paredes da fachada, que, brancas, haviam sido tingidas de cinza pelas chuvas. Três degraus sobre a calçada davam para uma ampla porta aberta. Aproximei-me lentamente esperando que a qualquer momento fosse me encarar. Ignorou solenemente minha presença, mesmo quando parei diante dele. Batia o martelo todo o tempo sobre o couro, um autômato banguela, as bochechas afundadas sobre a cara comprida de pele inteiramente enrugada. Franzino, de uma feiura sem sorriso ou qualquer outra compensação.

Eu tinha vindo com um propósito claro. Não podia falhar. Não devia me compadecer. O senhor sabe por que estou aqui? Finalmente lhe perguntei, depois de minutos de silêncio em que observava as batidas regulares de seu martelo sobre o couro.

Se quiser e se pagar..., ele respondeu, ríspido, na certa sem entender o que eu dizia, sem levantar a vista e cheirando a cachaça.

Não vim aqui pra encomendar gibão de couro, sou filho de Adalberto, que você matou, seu desgraçado!

Com a sacola na mão esquerda, pus a mão direita sobre o revólver no bolso, ainda sem certeza do que ia fazer, se ia mesmo atirar.

Ele levantou o braço com o martelo na mão. Tive o pressentimento de que ia atirá-lo na minha testa. Por isso tentei segurar seu braço. O martelo escapuliu de sua mão, rastejou pelo chão, desceu os degraus e foi cair aos pés de uma mulher que passava pela calçada.

O que é isso, velho maluco?, ela vociferou.

Ele conseguiu se desvencilhar de mim, empurrando-me contra a parede. Ao descer correndo em direção à calçada, tropeçou e caiu, batendo com a cabeça na quina de um dos degraus da porta. Desmaiou.

A mulher, que continuava na calçada, ligou de seu celular para o único hospital de Várzea Pacífica. Ficamos ali durante cerca de meia hora. Juntou gente. Eu estava ferrado, o número de testemunhas havia aumentado. Mas o que fazer? Finalmente, a ambulância levou o assassino de papai, que parecia inconsciente.

A mulher confirmou minha versão dos fatos. Havia sido um acidente. O velho maluco havia se assustado com minha presença, feito menção de jogar o martelo sobre mim e havia escorregado. Ninguém daria queixa na polícia, a não ser ele mesmo, se retomasse a consciência. Quem tomaria as dores do infeliz? Algum familiar? Ele era sozinho, ela contou.

Ainda penso comigo: alguma organização de defesa dos direitos humanos se interessará por este caso? Logo concluo que não há nada disso em Várzea Pacífica. Resta a mim mesmo, homem de princípios, defendê-lo, levar o culpado — ou seja, eu mesmo — aos tribunais. Mas ninguém é obrigado a ser seu próprio algoz. Meus princípios se curvam às circunstâncias. Têm de se moldar ao fato de que estão sendo aplicados a um assassino, um assassino frio e calculista, um ser desprezível que não merece meu respeito, minha consideração, muito menos meu perdão.

## 14 de julho

A história se espalhou e chegou aos ouvidos de Arnaldo, que mora na fazenda ao lado da minha. Sem me recriminar, ele me contou que a mulher do coitado o largou há tempos. Que tem uma filha louca, num hospício em Fortaleza. Que é pobre, analfabeto. Que se emendou na vida. Que não se atribui nenhum outro crime a ele desde que saiu da prisão. Tem perto de 80 anos, e se nota, ele disse. Ainda trabalhava muito, consertando selas e fazendo gibões de couro, único ofício que aprendeu, mas nisso se tornou um exímio artesão. Como não teve professor, desenvolveu suas próprias habilidades para escolher e amaciar o couro e fazer gibões resistentes. E agora, o que ia acontecer com o pobre homem? Continuava inconsciente no hospital.

Ouvindo aquela história, me senti um desgraçado destruindo a vida de outro desgraçado.

Arnaldo então me disse que existe alguma coisa muito grave que devo saber. O quê?, Perguntei assustado. Devo me comunicar com Raimundo, um capanga que conheci quando criança. Por mais que eu insista, Arnaldo diz que não cabe a ele contar. Melhor que eu ouça a história da própria fonte e tire as conclusões por mim.

De Raimundo me lembro bem. Eu me sentia promovido por me terem deixado pela primeira vez ir sozinho, montado a cavalo, pegar uns peixes com o pai de Arnaldo, Seu Rodolfo, marido da bela Vitória e caseiro da fazenda vizinha, a do açude onde a muda tomava banho nua e que era propriedade de titio. Eu queria mostrar minhas novas habilidades de cavaleiro, que fazia o cavalo trocar o chouto pelo galope. Seu Rodolfo pescava no açude e era o melhor amansador de cavalos da fazenda. Eu tinha a incumbência de trazer os peixes, o que fiz com regularidade a partir de então e me dava prazer, não apenas por mostrar-me bom cavaleiro, mas também porque gostava de ver o sorriso e as formas do corpo mal disfarçadas nos vestidos leves da mulher de Seu Rodolfo, mãe de Arnaldo. Vitória era vistosa e sorria para mim. Mesmo quando eu não parava lá, passava pela frente da casa somente para vê-la na janela.

Naquele dia voltei à casa-grande em disparada, trazendo os peixes num saco preso à sela e querendo mostrar minha destreza de cavaleiro. Para minha surpresa, a cancela da entrada da propriedade, logo após uma curva, estava fechada. O cavalo, que descia desembestado, freou bruscamente e fui jogado para frente, conseguindo me pendurar em seu pescoço. Nunca estive tão perto da morte. Naquele momento, ali apareceu Raimundo, também montado a cavalo. Imediatamente desceu para me ajudar, tranquilizando meu cavalo.

Arnaldo então me contou que Raimundo, assassino frio, era capanga contratado por proprietários de terra. Bom não comprar inimizade com ele. Arnaldo sabia de tudo. Raimundo tinha crimes nas costas e nunca iria para a prisão, protegido de vários fazendeiros.

Lembro-me muito bem dele, um dos melhores amigos de meu padrinho e, diziam, tinha sido também grande amigo de papai. Trazia um sorriso delicado nas fileiras de dentes amarelos. Passei a respeitá-lo e temê-lo. Vi-o depois muitas vezes chegando-se ao alpendre da casa-grande, alto, magro, de pele queimada, mãos e nariz compridos, cabelos claros e olhos de coruja. Homem de voz mansa, que calçava botas e esporas, cujas rosetas tilintavam ao ritmo de seus passos largos. Havia nele um sentimento vago de carinho quando passava as mãos sobre meus cabelos crespos como se quisesse assanhá-los, sempre com aquele sorriso delicado nos lábios. Me tratava bem.

Gente boa, me dizia Arnaldo.

## 7 de setembro

Faz uma semana. Montado a cavalo, fazendo tinir as esporas, Raimundo se encostou aqui no alpendre da casa e me disse com sua voz mansa:

Criaram aí uma Comissão da Verdade e, antes de morrer, quero tirar um peso da consciência. De todas as mortes nas minhas costas, só me arrependo de uma. Encomendada por seu padrinho.

Me contou: papai, por mando de meu padrinho, pôs fogo nos armazéns de algodão. Trabalho bem-feito, que rendeu a meu padrinho um bom dinheiro do seguro. Dois anos depois papai fez exigências, algumas tinham a ver comigo. Queria dinheiro para se mudar com a família para longe. Queria que eu, quando crescesse, frequentasse escola particular para entrar na universidade.

Foi esse bandido quem, a mando de meu padrinho, matou papai, isso me confessou. Raimundo teve dúvidas sobre se matava ou não o amigo a mando de outro amigo; tinha agora dúvidas sobre se denunciava o antigo amigo, meu padrinho.

Se acredito no que disse, meu padrinho assassinou papai por causa de uma chantagem. Tenho de decidir se acredito. A desgraceira parece ter dado um salto e atingido um novo patamar.

Nunca, jamais na minha vida, poderia associar meu padrinho com esse tipo de crime. Deixar de pagar impostos, corromper o prefeito seria normal, esperado. Me lembro de ouvi-lo dizer que era bem empregado dinheiro para comprar eleitores e pagar festas para candidatos. Distribuía dentaduras e mandava trazer de Mossoró um médico para fazer consultas grátis antes das eleições. Seu partido político era sempre o que podia chegar ao poder ou o que já estava no poder.

Mas assassinar um amigo? Ele praticamente me adotou quando eu tinha só dois anos, a mim e a Zuleide, minha irmã, ela então com quatro anos. Devo ligar para Recife e discutir o assunto com Zuleide? Francamente não sei o que fazer. Não tenho por que não acreditar no que me contou o pistoleiro. Falo disso com Clarice? Com Miguel?

Escrevi acima que tenho de decidir se acredito? Bom, não tenho de decidir. Está decidido. Acredito.

*27 de setembro*

Liguei para Clarice. Ela estava tão entusiasmada desejando-me boas-vindas, convidando-me para uma visita, que não tive coragem de lhe dizer a razão, agora premente, do telefonema. Prometi fazer-lhe a visita logo, logo, mas não consegui marcar data. Devo visitá-la, sim, e pensar em como introduzir o assunto.

Ontem passei a noite sem dormir, pensando no crime cometido por meu padrinho. Hoje me assaltou de novo a ideia de que meu padrinho tinha um caso com mamãe. Passo a achar plausível que eu seja filho de meu padrinho; que ele seja meu pai. Olhei-me no espelho tentando descobrir nos meus traços os dele. São óbvios, apesar da diferença de cor. Faz sentido que várias pessoas vissem alguma semelhança entre mim e Miguel, pensando bem algo não só nos olhos, também na forma do rosto, do queixo. Pior é que, se a suspeita se confirmar, sou irmão de Clarice. Concluo que o mal tem suas gradações e não consigo ver uma que seja pior. Claro, ainda se trata de mera suposição. Se não fizermos testes de DNA, não vamos saber com certeza se somos irmãos.

Não sei se devo fazer. Me vejo de novo no espelho. De fato tenho traços de meu padrinho. Devo revelar a Clarice o que desconfio? Está decidido, vou me encontrar com ela ainda esta semana.

Quem eu julgava ser meu pai talvez tenha sido assassinado porque, a mando de quem penso ser meu verdadeiro pai, pôs fogo na fábrica e depois tentou fazer chantagem, com exigências cada vez maiores para não denunciar o patrão. Ou talvez o tenha ameaçado de morte por ciúmes, e meu padrinho se antecipou mandando matá-lo.

Ciúmes, a verdadeira razão do crime. Ciúmes! É o que vejo agora com toda clareza.

Estou com sentimentos confusos em relação a meu padrinho. Ora é um assassino cruel, ora um pai carinhoso que cuidou de mim. Não importa que quase tenha me abandonado na época em que mamãe deixou Várzea Pacífica e passei a morar com ela no Mondubim.

## 1º de outubro

Arnaldo tem me posto a par da política local. Não tenho vocação pra isso, eu disse. Me lembro que nos velhos tempos quem Miguel apoiava ganhava. Nisso seguia o pai, meu padrinho — talvez meu pai. Em Várzea Pacífica, a alternância de partidos se dava dentro das mesmas famílias. Mas agora a situação mudou, há grupos que ele, Miguel, jamais conseguirá controlar, vinculados ao Movimento dos Sem-Terra e a outros movimentos sociais. Diz Arnaldo que o candidato de Miguel não tem a menor chance. Que ele, Miguel, é um sujeito avexado, não quer perder tempo com gente humilde.

As visões de cada lado são apaixonadas. Todos se odeiam, é o que concluo, e as alianças se fazem não com convergência de ideias e sim com ódios comuns. Há muita apoquentação, e é bom que uns saiam e outros entrem, mas tenho a impressão de que, quando a roda gira e se invertem os papéis dos de cima e dos de baixo, o descontentamento pode até aumentar.

Estamos à beira do abismo, ouço dos pessimistas. Estamos no fundo do poço, dizem os otimistas. Como ouvi isso muitas vezes na lenga-lenga das crises, já não me agarro em nenhum salvador.

Dos meus tempos de Fortaleza me lembro que titio também se interessava por política e que suas opiniões mudavam junto com a dos jornais. Ora defendia um Estado robusto, capaz de acabar com a ignorância, a miséria e a violência; ora um Estado mínimo, que não atrapalhasse. Gostava de reclamar da falência do sistema.

O que aconteceu, homem? Está perdendo dinheiro?, titia perguntava.

Para ela, como os governos eram sempre transitórios, mesmo que julgassem controlar o mundo e até o futuro, não valia a pena se bater por eles ou mesmo lutar contra eles.

A vida é curta pra gente perder tempo com essas brigas; brigar por causa de política..., dizia, com um muxoxo, fugindo das discussões.

Na política, mentira com convicção vira verdade e quem mente mais ganha, falou um dia.

E repetia a ideia de outra forma:

Mentira que muita gente defende vira verdade.

Quanto a Luzia, não importava do que se falasse, era sempre do contra. Era possível transformar o inferno no céu, bastava vontade. Com titio mudando de ideia subisse ou descesse governo, ela tomava posições radicalmente contrárias às que havia assumido tempos atrás e se tornava, assim, a mais fervorosa opositora dela mesma.

Já o tempo propriamente dito, é o que penso, passa sem se importar com essas variações, coisas que nascem do seu contrário, que se enrolam e desenrolam, que vão e voltam ou se confundem.

Espero que as leis melhorem e que as facções rivais discutam de maneira livre e organizada, para que a gente aprenda o que é melhor para Várzea Pacífica. Me lembro que Miguel era chamado de burguês. Agora o acusam de coronel, de corrupto, de conservador, de direita e até de fascista. Na derradeira vez que discutimos política, ele bravejava contra a oposição, feita de ignorância e radicalismo. Mas concordei quando admitiu que em todos os níveis os políticos eram ratos roedores, com bom faro para o dinheiro, e que poucos pensavam de verdade no país.

Já decidi, apesar da insistência de Arnaldo: não vou me envolver nessas discussões. Vou é me dedicar a pôr o Riacho Negro para trabalhar. Mas as coisas andam lentamente. Não sei como vai ser a safra do algodão, que vou colher só agora em outubro. Pelo menos não dependeu da irrigação, cujo problema não consegui solucionar. E tenho tido mais despesa do que imaginava. De positivo apenas que a internet e as placas de energia solar estão funcionando direitinho.

*4 de outubro*

Soube que Raimundo — o bandido que me procurou pra dizer que meu padrinho, que penso ser meu pai, matou quem eu antes pensava ser meu pai — foi morto a tiros de revólver. Na certa queima de arquivo. Se abriu a boca sobre meu padrinho — quer dizer, meu pai —, bem poderia fazer o mesmo sobre outros, razão suficiente para calá-lo para sempre.

Mas as investigações da polícia apontam noutra direção. Ele teria resistido a um assalto. Um empregado da casa, preso, teria sido conivente com o crime e o confessou. Para a polícia a questão está definitivamente esclarecida. Não para mim.

# 5. Várzea Pacífica

## 29 de outubro

Não sabia que ia comprar briga tão grande com Clarice e Miguel. Primeiro procurei em Várzea Pacífica minha madrinha, que eu jamais tinha considerado minha madrinha. Se alguém podia saber que meu padrinho era meu pai, seria ela. A velha, toda encarquilhada, protestou contra minha suspeita, com voz sumida mas enérgica. Notava-se seu esforço. Deu um ataque de fúria, tremia, e as veias lhe saltavam no rosto. Quase morreu. E o pior é que, há poucos dias, morreu, não por culpa minha, mas Clarice e Miguel me inculparam.

Sugeri que eles fizessem um exame de DNA. Sentiram-se ultrajados pela proposta e continuaram me acusando de ter matado a mãe. Concluí que não queriam saber a verdade para não terem de dividir a herança.

Você quer ou não quer saber se é minha irmã? disse a Clarice, que me fez ouvidos moucos.

Só me restava a via judicial, e nisso estou há quase um mês. Ajuizei uma ação de investigação de paternidade, cumulada com petição de herança. Resolvi eu mesmo atuar como advogado no processo, sem constituir procurador. Ainda fiz uma busca em vão entre as coisas que trouxe em minha mudança para a casa do Riacho Negro, para verificar se, como eu pensava, a caixa de fósforos onde eu havia guardado um fio de cabelo de Clarice tinha vindo em meio às outras da minha coleção.

Primeiro submeti uma petição ao juiz. Aleguei ser estranha a relação entre meu padrinho e mamãe, ele sempre protegendo-a, nossa família se mudando para Várzea Pacífica quando ele também se mudou, ele ajudando-a a abrir a mercearia, me enviando a Fortaleza com seus filhos, me tratando como filho. Argumentei também com o crime que ele cometera, segundo testemunho do pistoleiro, acrescentando uma obviedade:

Todos os filhos são juridicamente iguais.

Finalmente expus a impossibilidade do exame pericial de forma direta, já que as cinzas de meu padrinho haviam sido jogadas no Riacho Negro (embora Clarice me houvesse dito ter guardado numa latinha parte das cinzas) e por isso requeria que fosse feito o exame de DNA em Clarice ou Miguel.

Através de um advogado, Clarice e Miguel contestaram minha petição. O que eu considerava indícios de infidelidade era prova de generosidade. Se meu padrinho me considerasse filho, teria assumido a paternidade em vida e me listado no testamento. Alegaram que o pedido para se submeterem a exame de DNA não estava calcado em motivações razoáveis. Os réus não podiam ser compelidos a se submeter sob vara àquele exame intrusivo. Não havia lei que os obrigasse.

Na réplica, defendi que fosse aplicada a presunção relativa de paternidade, com base numa súmula do Superior Tribunal de Justiça que diz que, em ação investigatória, a recusa a submeter-se ao exame de DNA induz presunção *juris tantum* de paternidade.

O juiz entendeu que a súmula que eu citava somente seria aplicável dadas duas condições: que os herdeiros, de forma injustificada, tivessem se negado a se submeter ao exame de DNA, condição que havia sido preenchida, e que houvesse outras provas, ou seja, no caso em questão, provas testemunhais coerentes e suficientes para permitir a conclusão quanto à existência de vínculo de filiação biológica. Ora, esta segunda condição não estava dada. Devia-se privilegiar o conjunto probatório amplo. Não era possível conferir à recusa em si o caráter robusto que o recorrente, no caso eu, pretendia lhe emprestar. Falou na sua certeza moral e no seu convencimento judicial que se baseavam na razão e na análise das circunstâncias, e essa certeza e esse convencimento o levavam a rejeitar a possibilidade que eu alegava. Se preciso colheria provas testemunhais, mas antes disso fosse realizada audiência para tentativa de conciliação.

*12 de novembro*

No Fórum — um edifício de paredes azuis cheias de rachaduras e marcas de sujeira, situado na rua da igreja, não muito longe da casa da antiga professora particular de Miguel, a Dona Antonia —, confrontei meus argumentos com os do advogado dos réus, um sujeito de cabelo raspado e rosto de fuinha com voz desnecessariamente exaltada e que tem metade de minha idade. Houve uma discussão sobre qual direito deveria preponderar: se o direito à real identidade do investigante ou o direito à intangibilidade física dos investigados. Fiz ver que o direito ao próprio corpo não era absoluto. Dei como exemplo as vacinações obrigatórias, que se fazem em nome da saúde pública. O princípio da intangibilidade do corpo humano e o direito à integridade física dos investigados deviam se curvar ao direito à identidade genética. Tanto mais que era ridículo falar em integridade física, se bastava um fio de cabelo de Clarice para a prova, e esse fio de cabelo eu tinha, só não sabia onde estava. Não havia localizado a caixinha de fósforos onde o havia guardado. Falar em integridade física dos investigados era piada; deveria prevalecer meu direito a saber de quem sou filho, e cinco mililitros de sangue, uma gota de saliva ou um fio de cabelo poderiam resolver o problema sem violarem no mais mínimo a integridade física de Clarice ou de Miguel. Exaltei-me e argumentei em vão. Diante da discordância, o juiz marcou a audiência para colher as provas testemunhais, que julgou necessárias.

*13 de dezembro*

De testemunha, só consegui Arnaldo. No começo ele relutou.

Sua mãe era uma santa. Vai querer manchar a reputação dela?

Depois de muita insistência, aceitou comparecer ao Fórum. Foi o primeiro a ser ouvido. Falou que me conhecia e a minha mãe desde que se entendia como gente, que mamãe era uma mulher direita, que não sabia dizer se ela mantivera um caso com meu padrinho, mas era verdade que ela estava sempre na casa-grande e que meu padrinho a tratava de maneira diferente de todas as outras; que meu padrinho chegava ao ponto de às vezes passar pela casa dela, o que não fazia com nenhuma outra; que se mamãe teve algum relacionamento amoroso fora do casamento não poderia ter sido com mais ninguém a não ser com meu padrinho e que meu padrinho me tratava como filho. No fim exagerou ao dizer que, olhando bem, não era só uma questão de parecença, eu era mesmo a cara escarrada de meu padrinho.

O advogado dos réus arrolou várias testemunhas, que atestaram a vida ilibada de meu padrinho, homem de reputação impecável, muito bem casado com minha madrinha e incapaz de mentir ou de cometer a mínima infidelidade. Gente que dizia ter conhecido meus padrinhos ao longo de toda a vida, por cinquenta anos ou mais. Um chegou a me ofender profundamente ao insinuar que eu tinha razão de desconfiar não ser filho de papai, pois mamãe não era mulher honesta, jamais tinha sido, honestidade é coisa que vem do berço. Tivera mais de um amante, nenhum deles meu padrinho. Tinha engravidado antes de mim e perdido a criança.

Uma mulher de cabelo liso e inteiramente branco disse que o casamento entre meu padrinho e minha madrinha era exemplar. Nunca se comentara que meu padrinho tivesse casos amorosos. Ele não era homem para esconder a verdade sobre um filho. Fosse eu filho dele, teria reconhecido em cartório. Piada dizer que eu fosse a cara de meu padrinho. Bastava ver a cor de minha pele, que contrastava preto no branco com a de meu padrinho. Eu me queimava por dentro com aquele argumento absurdo que não levava em conta a cor da pele de mamãe.

Uma terceira testemunha, um senhor de fala mansa e fanhosa, que eu não me recordava jamais de ter visto, fosse na fazenda, fosse na casa de Várzea Pacífica, disse que era grande amigo de meu padrinho, convivera com ele ao longo de uns quarenta anos; que meu padrinho e minha madrinha, na época em que nasci, viviam como dois namorados; que, assim como a testemunha anterior, não tinha ouvido falar de casos, como se diz; que ele e meu padrinho tinham intimidade para falar de qualquer assunto, e meu padrinho nunca dera a entender ter tido filho fora do casamento.

A quarta testemunha era uma senhora ainda bem conservada em seus sessenta e muitos anos. Disse que sempre teve a impressão — e era a impressão geral, de todo mundo — que meu padrinho era um homem fidelíssimo, como talvez não existisse outro na face da terra. As únicas dúvidas levantadas — calúnias, puras calúnias — diziam respeito à fidelidade da mulher, minha madrinha, e isso porque era falante, expansiva e se vestia com aqueles vestidos leves, de alça, mostrando decotes. Já sobre ele, pessoa séria, cumpridora de seus deveres, em quem se podia confiar para tudo, nunca pesara qualquer suspeita. Fidelíssimo, repetia. Ia fazer uma inconfidência, não queria entrar em detalhes. Mas, já que ele estava ali sendo acusado por gente gananciosa e aproveitadora — e com essas palavras lançava para mim um olhar acusador —, ia contar o que uma vez ele lhe tinha dito:

Gosto de você até demais, mas nunca na minha vida eu ia trair minha mulher.

Fazia questão de deixar claro que não tinha havido paquera entre os dois.

Finalmente uma testemunha do juízo, um senhor que devia ter minha idade mas parecia mais velho, sobretudo por lhe faltarem vários dentes, alegou que, na época em que houve minha concepção, mamãe morava em Várzea Pacífica com papai, enquanto meu padrinho vivia com a família na fazenda; e que nunca se viam.

Nenhuma dessas testemunhas levou em conta o fato mais significativo: a denúncia de Raimundo de que meu padrinho tinha matado o marido de mamãe, isto é, quem se acreditava ser meu pai. Admito que a denúncia sequer existia formalmente e passava por invenção minha e de Arnaldo. O pistoleiro havia comentado o assunto conosco, mas não havia comparecido à Comissão da Verdade, nem deixado nada escrito ou gravado.

O advogado então requereu que minha pretensão fosse julgada improcedente e que eu fosse condenado nos encargos da sucumbência.

O representante do Ministério Público opinou pela improcedência de minha pretensão. Alguns de seus argumentos eram risíveis: na minha certidão de nascimento constava como pai não o nome de meu padrinho e sim o de papai. No testamento meu padrinho nomeava apenas dois filhos, Clarice e Miguel, não fazendo qualquer referência a mim.

No seu julgamento, o juiz, jovial nos seus 40 anos e com certeza amigo de Miguel, citou o Código de Processo Civil para dizer que o ônus da prova incumbe ao autor quanto ao fato constitutivo do seu direito. Que eu teria de demonstrar o vínculo biológico de filiação, mas que, da análise da prova oral produzida, não havia ficado evidente que mamãe tivera um relacionamento amoroso com meu padrinho. Ao contrário, várias testemunhas haviam negado terminantemente que isso tivesse ocorrido. Embora uma testemunha afirmasse que me pareço com meu padrinho, isso tinha pouco significado, e a prova oral produzida nos autos não se mostrava suficiente para concluir que sou filho biológico dele. Diante da ausência de prova pericial, somente um conjunto probatório coerente e claro autorizaria a declaração da existência desse vínculo biológico. Não tinha acontecido neste caso. Era seu dever assumir uma atitude de equilíbrio, de um lado cumprindo sua missão de amparar pretensões justas e de outro evitando ser instrumento de aventuras audaciosas e irresponsáveis.

Lamentou a sacralização, verdadeira divinização que tem havido do exame de DNA, considerado fórmula milagrosa. A confiança excessiva no exame científico — um culto e uma aceitação cega da perícia do DNA — desprezava os meios clássicos de prova. Ora, esses testes eram falíveis, erros podiam ser cometidos, pois os laboratórios não tinham os dados estatísticos próprios da população brasileira, que possui características especiais em razão da miscigenação — dados diferentes dos referenciais estatísticos dos povos da Europa e dos Estados Unidos. O teste de DNA não podia, portanto, ser considerado prova definitiva e absoluta. Se não era prova conclusiva e estava sujeito a equívocos, seria altamente arriscado presumir a paternidade simplesmente porque alguém se recusou a realizar esse teste. E seria um paradoxo sancionar indiretamente os investigados por sua recusa, quando não existe sanção direta para essa recusa.

Uma ação desse tipo provocava perturbações emocionais nos investigados. Na ausência de indícios claros, era natural a indignação de Clarice e Miguel diante de um exame ou inspeção corporal. Não era prudente e nem ético constranger ou coagir aprioristicamente uma pessoa a se submeter a um teste de DNA, ameaçando-a de uma presunção que podia provocar injustiças. E também seria ilegal, pois nenhuma lei — repetia — obrigava tal procedimento. Ninguém era obrigado a fazer ou deixar de fazer alguma coisa senão em virtude da lei. Os investigados, Clarice e Miguel, tinham, portanto, o direito de não submeter os seus corpos a uma prova não desejada.

Citou a Constituição, repetiu o princípio da legalidade — que não se pode coagir alguém a praticar um ato ao qual não seja obrigado por lei — e acrescentou que também estaria garantido aos investigados o direito de se negarem a produzir provas contra si, em nome do equilíbrio entre as partes, premissa fundamental dos processos judiciais. Rematou o raciocínio com o princípio da dignidade da pessoa humana, a proteção à inviolabilidade da intimidade e da vida privada, incluindo — insistiu — a intangibilidade do corpo humano, princípio sem o qual estaria sendo praticada violência num caso em que estava clara a ausência de ação delituosa.

O juiz então falou, em conclusão, no princípio da ponderação, que por sua vez se assentava em outros princípios, o da razoabilidade, da proporcionalidade e do equilíbrio, todos eles fundamentais para dirimir conflitos de direito. Posto isso, julgou improcedente meu pedido e extinto o feito, com resolução do mérito, nos termos do Código de Processo Civil, e ainda me condenou, como requerido pela defesa, a pagamento das custas e honorários de advogado.

*14 de dezembro*

Posso ainda apelar a uma instância superior. Diante da impossibilidade de exigir, como gostaria, a exumação cadavérica como meio de prova, pois as cinzas de meu padrinho há muitos anos desceram pelo Riacho Negro em direção a um dos açudes e daí certamente ao sangradouro, a outros riachos, a rios e possivelmente ao Oceano Atlântico, terei de alegar novos elementos de prova. Mas quais, se são na verdade inexistentes?

Sei que Clarice guardou numa latinha, segundo ela mesma me disse, um pouco das cinzas de seu pai, antes de jogá-las no leito do Riacho Negro. Aquelas cinzas poderiam muito bem ser analisadas. O procedimento, sei de antemão, fica submetido à total discrição do juiz. Mesmo que Miguel e Clarice estejam de acordo — e já sei de antemão que não estarão —, ainda assim o juiz não fica obrigado a deferir meu pedido, pois se trata de medida de caráter excepcional somente justificável se comprovada sua necessidade e pertinência — para mim óbvias, pois já não há outros meios probatórios à minha disposição e o DNA daquelas cinzas é ponto essencial do processo, encerrando as incertezas.

Talvez só me reste uma estratégia de sedução. Quem sabe, Clarice me receba e me deixe relembrar-lhe quão importante ela foi e ainda é na minha vida. Vou lhe frisar a verdade: que minha ação não tem nada a ver com a herança. E mais: que renuncio à herança. Que, apesar do atrito em que entramos, eu a amo e preciso saber se ela é minha irmã. Cara a cara, espero convencê-la. Se não quiser mesmo fazer o exame, pelo menos deixe que seja examinada a porção de cinzas de meu padrinho que ela certamente guardou.

Está se aproximando o Natal. Sou ruim de escolher presentes. Roupa, não sei o tamanho. Sapato, muito menos. Sei que ela tem pés pequenos, mas será que calça trinta e quatro ou trinta e seis? Uma caixinha bonita, talvez. Chocolates? Seria pouco. Uma joia? Vou ver se encontro um anel que lembre aquele antigo, mas agora verdadeiramente de ouro. Duvido que encontre aqui em Várzea Pacífica, onde nada há de atraente para comprar. Nem sequer loja de flores vi pela cidade.

## 19 de dezembro

Soube hoje da morte do pobre homem que havia estado na prisão pagando pelo assassinato de quem eu acreditava ser meu pai. Eu o tinha visitado duas vezes no hospital, não para tentar redimir minha culpa nem para me salvar de qualquer investigação policial, mas movido por piedade e sinceramente desejoso de vê-lo recuperado. Eu era o único a visitá-lo. De fato era sozinho, como haviam me dito. Tinha pensado em fazer-lhe outra visita no dia de Natal.

Certamente não haverá velório, e será enterrado indigente. Não. Pensando bem, agora que morreu, vão aparecer herdeiros. Afinal, tinha uma loja.

Sei que não devia misturar tristeza com alegria. Mas o que fazer quando elas surgem no mesmo dia? Lembrei-me de Mirna, minha companheira do voo entre Brasília e Fortaleza. Não tenho a menor ideia de por que me lembrei. Entrei no Facebook, encontrei várias mulheres com o mesmo nome dela e num dos perfis reconheci sua foto. Adicionei-a e, em questão de segundos, ela aceitou meu pedido de amizade. Assim posso encerrar meu dia triste com uma pequena alegria.

# 6. Brasília

*10 de janeiro*

Deixo para depois a decisão sobre o que fazer com Clarice. Tão cedo não posso encontrá-la. Agora tenho missão mais importante. Faz cinco dias me ligou a irmã mais velha de minha ex-mulher. Patrícia está com risco de morte. Já não sou religioso, mas o desespero me levou à reza. Se houvesse Deus, que Ele se manifestasse. Até agora não se manifestou. Tomei um avião e vim direto para Brasília.

No dia de Natal, ainda no Riacho Negro, liguei para o celular de Clarice. Se ela atendesse, lhe desejaria Feliz Natal. Se me sentisse bem-vindo, faria uma visita para lhe dar o presente, o anel que comprei. Não atendeu.

Voltei a ligar no dia 31 de dezembro, para lhe desejar Feliz Ano Novo. E nada.

Passei o fim de ano sozinho, colhendo mangas da mangueira frondosa que dá sombra em frente à casa, olhando o capim que enverdecia com as primeiras chuvas e as colinas das propriedades vizinhas, que a distância polia de tonalidades cinzentas e onde se avistavam minúsculas ovelhas pastando. Meu pensamento subiu e desceu aquelas colinas, entrou por uma propriedade e outra, visitou o passado, os tempos da minha infância, até que a noite veio cobrir minhas tristezas.

Nem Arnaldo apareceu. No dia 2 de janeiro, liguei uma vez mais para Clarice, preparado para o pior e o melhor. O pior: ela bater o telefone na minha cara. O melhor, ouvi-la arrependida, imaginando-a de joelhos, a meus pés, eu segurando firmemente suas mãos, ajudando-a a se levantar e colocando o anel no seu dedo.

Não senti ódio na sua voz.

Nunca me esqueci de uma coisa que você me disse, ainda vou voltar, falou ao celular.

Não me lembrava de jamais ter-lhe dito aquilo, mas, da mesma forma que num livro valorizamos uma frase porque nos diz alguma coisa de especial, também numa conversa escolhemos palavras fortes, significativas, que o outro diz — e diz muitas vezes sem dar fé de sua importância ou sentido.

Preferi não provocar Clarice com o assunto difícil. A conversa curta abria uma porta que um dia, quem sabe, me daria acesso ao ambiente mais claro onde pudéssemos finalmente nos entender.

## 11 de janeiro

Gostei de deixar minha fazendola do Riacho Negro. Minha vida perdera o sentido, apesar da surpreendente boa safra do algodão. O mundo desmoronou criando um abismo intransponível na minha frente. Ontem não consegui dormir. As mínimas preocupações, trazidas à minha insônia. Nenhum pensamento ou promessa para aliviá-las. Tanta energia gasta em coisas pequenas! Então a ameaça da morte chega para colocar tudo nas devidas proporções e me fazer pensar que sou também o que fui.

Ah, queria liberar o que tenho represado, derreter-me em choro nos braços de Patrícia, revelar-lhe minha fragilidade e reconhecer meu erro. Mas nem disso sou capaz. Quando penso em nossa briga, que foi, reconheço, apenas gota d'água para nossa separação, ainda quero que ela se desculpe. Sei que isso nunca acontecerá, sobretudo não agora. Estou anestesiado diante da desgraça. Será minha angústia prova de amor? Dos restos dele? Prova, sem dúvida, da importância que Patrícia tem para mim como fonte de sofrimento. Gosto da ideia de estar perto dela, de ajudá-la em seu momento mais difícil. O amor é uma luta, luta pela vida.

Angústia vertiginosa que joga no abismo nossos melhores anos, nossa lua de mel no Rio, nossas idas a Caldas Novas, nossos acampamentos na Chapada dos Veadeiros, nossos banhos em Itiquira, nossas tardes mornas, de um domingo, lembranças dolorosas de um tempo bom, quando ela cantava num bar pobre, crônica de imperfeições alegres.

   Não existe ninguém no mundo igual a você, ela me disse numa tarde dourada sob os coqueirais, quando o vento soprava leve com seu lamento, e eu não soube o que responder, porque achei cafona o verso que podia ser de uma canção banal, como as que ela cantava de madrugada, não especialmente escrito para mim.

   E por que agora me lembro disso? É que a lembrança cobra dívidas do passado. Patrícia é a melhor mulher do mundo. Tive de disputá-la. Ao contrário de Clarice, que voltou a Várzea Pacífica e, pelo que sei, se fechou em sua casa, cercada de poucos amigos, Patrícia era, sim, uma mulher do mundo. Festeira demais? Cantora de boate? Tinha transado com mais homens do que eu gostaria? No Sertão, seria mal vista, sei disso. E o que me importa se em Fortaleza todo mundo sabia que perdera a virgindade antes de se casar comigo? Sua reputação, mesmo correspondendo à verdade, é fictícia, história inventada por quem não pôde tê-la.

   O que me importava quando a conheci era que Patrícia tinha um coração sensível à beleza e ao sofrimento; que, quando a abraçava e a beijava, tinha a impressão de que a possuía toda, incluindo seu espírito ao mesmo tempo abnegado e revoltoso. Ela jogava os cabelos para trás e abria um sorriso largo, misterioso, seu rosto crescendo, e naquele momento eu tinha certeza de que precisava dela, como precisava das coisas desconhecidas que me faziam sofrer.

Lembro-me dos primeiros dias de nosso namoro. Uma semana depois que conheci Patrícia, Miguel me emprestou o carro, um DKW Vemag azul e barulhento. Não era dele, mas meu padrinho havia comprado aquele carro, que deixava na garagem de titio em Fortaleza, quando Miguel tinha completado 18 anos, precisamente para que o filho passasse a dirigi-lo.

Levei Patrícia a uma duna da Praia do Futuro, e o carro atolou na estradinha de pedras soltas invadida pela areia. Um casal que passava noutro carro na corrida de submarinos parou para nos ajudar. Patrícia afundou no assento, não queria ser vista. Sem encontrar pedaços de pau que seriam mais eficazes, eu e o rapaz musculoso do outro carro, que devia ter minha idade, colocamos pedras para apoiar os pneus e finalmente conseguimos retirar o carro do atoleiro. Dirigi o DKW Vemag até o ponto mais alto da duna. Noite de lua nova, céu coberto de pontos de luz, podíamos ver todas as constelações.

Falei de meus planos para o futuro; de ser advogado. Patrícia tinha um olhar distraído, perdido nos segredos da noite, que somente as estrelas conheciam. Beijei seus lábios e abracei-a longamente.

Faróis de um carro iluminavam a rua, lá embaixo, à beira-mar. Brilhos quase imperceptíveis marcavam as linhas das ondas, que subiam e desciam, minúsculas e suaves. O mar imenso e escuro dominava o centro da paisagem. Um navio, que a distância tornava pequeno feito um brinquedo, passava ao fundo. O vento roncava seu próprio ronco na janela do carro, trazendo o ruído de outro carro, que descia a duna. À direita e à esquerda, silhuetas arqueadas de dunas.

Olhando a larga paisagem, convenci Patrícia a descermos a um motel na beira da praia, cujas luzes retangulares conseguíamos enxergar. Paguei a entrada em dinheiro e estacionei o carro na garagem privativa do quarto.

Tão logo subimos a escadaria e entramos no quarto, ela jogou sobre a cama a bolsa que levava a tiracolo. Depois deslizou os dedos finos vagarosamente sobre os riscos da palma de minha mão direita, cigana a decifrar meu futuro. Pressenti no toque de suas unhas crescidas, pintadas de rosa-claro, algo cerimonioso e trágico.

Se resolvesse viver contigo, minha família não me apoiaria. E tu não tem dinheiro, ela disse.

Não tenho, respondi, sincero e estranhando o comentário.

Então... Não vamos embarcar numa furada.

O dinheiro não é tudo na vida, respondi, firme.

Não quero ficar me encontrando contigo escondida de todo mundo. E tu quer ficar esperando por mim...

Até que seja possível a gente se casar? Espero o tempo que for.

Talvez sinceridade passageira, à qual ela respondeu, talvez falsamente, enquanto pendurava a bolsa de volta sobre o ombro, fazendo menção de sair:

Nem estava pensando em casamento.

Vão achar estranho que não ficamos nem um minuto.

Ela segurou a maçaneta da porta, parou e olhou para mim:

O problema é que não somos independentes. Ainda dependo de meus pais e de minha irmã mais velha. E tu não tem nem dinheiro. Sei que dinheiro não é tudo, mas não tenho disposição pra tanta aventura. Sou medrosa.

Tem razão, eu disse, sem deixar claro se concordava que eu não tinha dinheiro ou que ela era medrosa.

Patrícia começou a tremer e a chorar. Sentou-se no chão, ao lado da porta.

A gente teria que... Não completou a frase.

Retirei a bolsa do ombro dela e coloquei-a de volta na cama. Me baixei e me aproximei para abraçar e beijar Patrícia, como havia pouco fizera sobre a duna.

Não, ela me empurrou com os pés, ainda chorando.

Senti naquela repulsa um desejo dela de me abraçar, de finalmente me confessar que me amava. Apesar disso, ela não estava pronta para ir para a cama comigo. Seu olhar de desespero errava sobre as paredes do quarto. Então, num gesto violento, se levantou, colocou de novo a bolsa sobre o ombro, abriu a porta e saiu em disparada, eu seguindo-a no mesmo passo pela escadaria que dava, embaixo, na garagem.

Aprendi cedo, por experiência e antes que as novelas de televisão me ensinassem, que amar e sofrer eram uma só coisa. Depois li que o valor do amor é a soma do que você tem de pagar por ele; que cada vez que você consegue amar sem esforço e sem sofrimento, se enganou.

Encontrava-me com Patrícia num bar do caminho de Maranguape onde ela cantava. No começo nossa relação foi tumultuada. Eu detestava assistir a seus shows, porque ela atraía com sua voz e beleza as atenções de muitos fãs.

Só gosto de ti, me assegurava.

Ficávamos no bar até as duas da manhã e íamos a um coqueiral próximo à bodega de mamãe, no Mondubim, num terreno abandonado.

Depois de meses de namoro, ela engravidou de Pedro, nosso filho que hoje é engenheiro e mora em São Paulo. Não digo que nos casamos por causa disso, mas eu ganhava pouco, o que a preocupava, e, se não fosse pelo filho, teríamos aguardado mais tempo. Diante do fato consumado, achei melhor vivermos juntos, mesmo apertados no quarto dos fundos da bodega.

Patrícia a princípio recusou. Tive de insistir. Convenci-a depois de três meses de sua gravidez. Conseguiríamos sobreviver, e era melhor estarmos juntos para cuidar do filho.

O casamento, simples, com pouca gente e barriga crescida, se realizou na capela de Mondubim. Mamãe estava presente e a irmã mais velha de Patrícia. Como não queria que minha madrinha viesse, não escrevi a meu padrinho. Convidei Miguel, Clarice e meus tios. Nem Clarice nem meus tios vieram. Miguel chegou atrasado e ficou até bem tarde. Titio passava por dificuldades financeiras, ele me disse. Era agiota. Um dos seus maiores devedores havia-lhe passado um tremendo calote e, se ele exigisse o pagamento, denunciaria à polícia sua atividade ilegal.

## 13 de janeiro

O começo de meu casamento com Patrícia só não foi mais difícil porque nos amávamos.

Nossa lua de mel vai durar pra sempre. Até a morte, ela me disse. Promete que só a morte vai nos separar?

Prometo, respondi, acreditando no que dizia.

Ou tudo ou nada, ela completou. Se o casamento ficar chocho, melhor acabar.

Não vai acontecer. Amor verdadeiro não acaba.

É. O amor não murcha. A gente é que pode murchar. Então o amor vai embora.

Que ideia! Nem fale!

Nosso maior problema era dinheiro. Contávamos centavos. Eu ficava com parte dos lucros da bodega de mamãe, poucos, e Patrícia ganhava quantias ínfimas e incertas com seus shows.

Fui convidada pra cantar noutro bar, me disse.

Ficaria até mais tarde e teria que ir mais longe. Em compensação, ganharia mais.

Comecei a ficar incomodado quando ela chegava às três da manhã, pegando carona.

Você não gosta que sua mulher ajude nas despesas? Não quer que eu trabalhe?

Não é isso, você sabe.

Os shows no bar não duraram. Por dois meses em que Patrícia não conseguiu lugar algum para cantar, treinava em casa o repertório, ao som do violão, que tocava de ouvido.

Quando começou a cantar em mais outro bar, também até tarde e mesmo durante os dias da semana, não disfarcei a crise de ciúmes. Eu chegava em casa, vindo das aulas da faculdade, e encontrava-a cercada de amigos. Faziam caipirinhas e ficavam até quase de manhã cantando ao som do violão. Numa dessas vezes, um dos amigos, fotógrafo, não parava de elogiar a beleza de Patrícia e sugeria que ela fizesse um portfólio, ele a ajudaria a estampar sua imagem nas páginas dos jornais e capas das revistas. Me parecia que Patrícia se derretia toda com aqueles elogios e duvidei que seu amor por mim resistisse à lábia e ao físico do rapaz, que eu certamente aperfeiçoei ao mesmo tempo em que menosprezava minhas próprias qualidades.

Por que tu não vem comigo no bar? ela me sugeriu.

Eu quase não dormia quando a acompanhava ao bar até de madrugada, pois trabalhava de dia na bodega e de noite frequentava meu curso na Faculdade de Direito. Às vezes, quando eu ia dormir, ela ainda ficava acordada. Quando eu acordava, ela ainda dormia e dormia até tarde. Quando eu chegava, encontrava um bilhete dela: Hoje chego mais tarde. Então ela virava a noite, e eu dormia mal. Ela chegava, se despia, eu via seu corpo fino e bem desenhado, e ela então se deitava a meu lado, olhos grandes próximos a meu rosto, se abraçava a mim e tirava minha roupa.

Estava com saudades de ti, dizia.

Ela continuou fazendo seus shows nos bares, aos sábados, mesmo depois do nascimento de Pedro. Eu ia com ela, levávamos o bebê, para que se acostumasse ao barulho e porque não tínhamos outro jeito. Durante o dia, sete dias por semana, eu ajudava mamãe na bodega, Pedro do nosso lado, nosso primeiro filho, hoje engenheiro e que naqueles tempos só ria, chorava e dormia. Patrícia não lhe dava de mamar sempre, mas, quando ela não estava, deixava o leite numa mamadeira que eu ou mamãe dávamos ao pequeno. De noite, eu tomava um ônibus em Mondubim que vinha por Parangaba e pelo Benfica e me deixava não longe da Praça Clóvis Beviláqua, onde ficava a Faculdade de Direito.

Depois de penar em empregos provisórios, consegui me firmar como advogado. Quando nos mudamos de Fortaleza para o Distrito Federal, Patrícia deixou de cantar. A atividade nos Correios a ocupava, mas não a alegrava. Para compensar, cantava em shows caseiros, divertindo os amigos que convidávamos para o churrasco no terreiro dos fundos de nossa casa de Taguatinga.

*Ainda 13 de janeiro*

Patrícia está certa de que não vai viver muito. Beijei suas mãos, sem coragem para mais. Seu olhar frágil foi agradecido, com um lampejo de contentamento.

Talvez ela tenha me amado e ainda me ame, e eu é que não entendi. No fundo de seus olhos murchos, um brilho, estrelinha distante, lembra a paixão antiga. Ainda apaixonados, fizemos os três filhos. Pedro e Paulo moram em São Paulo, acho que já disse. Teodoro é o gerente do hotel onde fiquei em Fortaleza. Está para casar. Chama de casamento o que é apenas união civil. Todos vão chegar amanhã, e talvez os dois paulistas, como eu os chamo, não queiram me ver.

Por que me lembrar dos momentos difíceis que atravessamos, Patrícia e eu? Uma coisa é certa: sou a pessoa mais próxima dela à beira de sua provável morte — pois, apesar do que os médicos me dizem, concordo com Patrícia, acho que vai morrer logo. Devo dizer, por outro lado, que ninguém jamais foi mais íntimo de mim do que ela, nem mesmo Clarice. Para dizer a verdade, diante dela Clarice não é nada. Quando Patrícia morrer, serei eu capaz de procurar Clarice? Não seria melhor nunca mais rever Clarice, uma Clarice outra, uma Clarice velha, uma Clarice magoada comigo porque eu quis descobrir e revelar a verdade? Pois a Clarice velha nada tem a ver com a Clarice jovem que conheci. Com a Clarice que talvez eu devesse guardar intacta, apenas como uma experiência de criança e um sonho de adolescência. O que será de Clarice para mim no futuro? Não posso fazer essa pergunta sem um excesso de inquietação. E se ela for mesmo minha irmã?

## 14 de janeiro

Patrícia ronca feito uma porca. Vomita como minha avó moribunda, um vômito amarelo cor de alfenim, com marcas de verde e vermelho. Ajudá-la como um enfermeiro nessas circunstâncias é uma oportunidade para me redimir. Ficarei a seu lado até o fim, está decidido. Seguro às vezes suas mãos frias, pensando que chegou o último momento e que, se para ela existir a eternidade, lá estaremos os dois de mãos dadas. E se ela sobreviver?

Hoje chorei. Chorei muito, escondido de Patrícia. Ela e eu passamos por tanta coisa juntos... Não preciso dizer o quê. Foi toda uma vida, discutir cada dia as poucas opções que tínhamos, sabermo-nos diante de grandes dificuldades e enfrentá-las solidários, alegrarmo-nos com o que fazíamos quando estávamos apaixonados, fazer nossos três filhos, educá-los...

Eles chegaram há pouco de Fortaleza e São Paulo. Teodoro me deu um abraço. Pedro e Paulo me cumprimentaram com olhares oblíquos, mas ainda assim me cumprimentaram. As experiências extremas, como a ameaça da morte, aproximam os vivos.

## 20 de fevereiro

Me senti devastado depois da morte esperada de Patrícia. Lamento não ter estado no hospital na noite fatídica, não ter segurado suas mãos no instante decisivo e irreversível, não ter, portanto, podido lhe provar que estaria eternamente a seu lado. Em compensação, abracei longamente cada um de meus filhos.

O velório foi no Campo da Esperança, na capela de número sete. Tomei as providências práticas. Avisei aos companheiros de trabalho de Patrícia, os dos Correios. Aos familiares dela, só os mais próximos. Telefonei para amigos, poucos. Meus filhos acharam por bem chamar também alguns de seus próprios amigos, pessoas que vi ali pela primeira vez. Chegaram várias coroas de flores, algumas com dizeres de gente que não conheço, talvez velhos fãs de Patrícia.

Depois de voltar do cemitério, fiquei aqui tomando cerveja — já tomei três —, que em nada me ajudam a superar minha tristeza. Quero esquecer o Riacho Negro e Várzea Pacífica. Vim do cemitério pensando que Várzea Pacífica já não é a mesma, da mesma forma que as pessoas que conheci lá já não são as mesmas. Há cidades que não mudam, não envelhecem nem se modernizam, mas essas estão longe, talvez na Europa. Aqui mudam rápido como a formação das nuvens ou os humores das mídias sociais.

Os crimes em Várzea Pacífica agora já não são os mesmos. Os de antigamente ocorriam entre inimigos ou ex-amigos, até entre vizinhos, gente que se conhecia e se frequentava em bares e festas, que via uns aos outros nas ruas da cidade, crimes acontecidos por culpa do ciúme, do orgulho, da despeita, da honra ou da ambição. Hoje há muitos assaltos, e crimes mais escondidos. Certamente as grandes obras, a do açude, a da ponte, a da estrada asfaltada, que já está esburacada, devem ter lucrado mais do que deviam às construtoras que contribuíram para as campanhas dos prefeitos.

Quando estava lá, fui ao cemitério — muito diferente deste de Brasília, porque tem túmulos com edificações de cimento e caminhos sinuosos. Queria visitar vovó, prostrar-me sobre seu túmulo mais singelo do que a maioria. Como apagar o sofrimento que ela sentiu por eu tê-la abandonado? Por ter-me cansado dela, moribunda? Até hoje vovó está presente na minha vida. Sempre que bebo minhas cervejas, como agora, me lembro dela. Vovó não aceitava que se bebesse. Mas um dia descobriu a cachaça, que misturava com água. Se não fosse ridículo, me vestiria com uma calça de Nycron preta e pregaria um pano preto no bolso de minha camisa branca, como quando vovó morreu.

A lembrança de Patrícia morta persiste em mim, não me abandona, não só porque faz pouco tempo que morreu; talvez nunca me abandone. Quando a mera paisagem ou um aceno de futuro me trazem um toque de alegria, me sinto culpado. Estou de luto. Verdadeiramente de luto. De luto perene. Fecho os olhos para o mundo e reencontro minha tristeza ao lado de Patrícia.

A lembrança de Patrícia atrapalha minha atenção e meus interesses, tornando sem graça o que eu antes considerava atraente. Nem dormir consigo. Prefiro ficar aqui, escrevendo, roendo unhas e bebendo uma cerveja atrás da outra, quando não passo horas dando voltas pela casa, arrumando o que não precisa ser arrumado.

Uma janela geme com o vento. Que continue assim. Não tenho ânimo para fechá-la. Por hoje chega. Não escreverei mais uma linha. Estou bêbado.

*7. Taguatinga, Setor B Norte, QNB 8*

*4 de julho*

Consegui alugar a casa de Taguatinga, que me traz recordações tristes de Patrícia, e me mudei para esta do Setor B Norte, na QNB 8, também em Taguatinga.

Mais importante é que abandonei a ideia de voltar para o Riacho Negro. Troquei definitivamente a fazenda pela cidade. Prefiro o burburinho dos carros, as enchentes nas tesourinhas de Brasília, os engarrafamentos, as entrequadras descaracterizadas, uma solidão acompanhada de milhares de outras. Dizem que Brasília é um horror, e Taguatinga pior. Que me importa, se é aqui que fiz minha vida? Falem o que quiserem, gosto desta terra estranha e minha, nesta época seca e colorida por ipês.

Luzia me escreveu no Natal quase dois meses depois da morte de Patrícia. Eu não esperava por qualquer manifestação sua. Disse ter recebido a notícia com atraso, estar profundamente triste e desejou que eu encontrasse forças para enfrentar a terrível perda. Não sei se sabia que eu estava separado de Patrícia.

De Clarice e de Miguel nenhuma palavra de solidariedade. Há pessoas assim, cujo silêncio atormenta; que estão presentes na gente por sua ausência.

## *14 de agosto*

Digno de nota desde a morte de Patrícia é que fui há poucos dias à festa do casamento de Teodoro, em Fortaleza, com o rapaz simpático que ele me havia apresentado. Acho que têm muito em comum e têm afeto sincero um pelo outro, o que, como eu lhes disse, duplicará em alegria seus momentos de alegria e reduzirá à metade sua tristeza em momentos de tristeza. A festa foi simples, numa casa da Praia da Taíba, emprestada por um amigo e com os amigos mais próximos. Um ato simbólico, e os símbolos duram, desafiam o tempo. Com Teodoro começo a me entender. Não sei ainda se posso dizer o mesmo de Pedro e Paulo, que sequer vieram ao casamento do irmão. Acho que desaprovam o casamento.

Aproveitei para ligar para Mirna, a moça que eu havia encontrado fazia um ano e meio no voo Brasília-Fortaleza e que me lembrava Luzia. Para minha surpresa, ela não estranhou meu telefonema e até mesmo aceitou meu convite para jantar numa das barracas da Praia do Futuro. Pus no bolso o anel que havia comprado para Clarice. Quem sabe, teria agora bom destino.

Depois de uma água de coco e alguns petiscos na barraca, sugeri que caminhássemos à beira do mar. Tiramos os sapatos e saímos descalços, enfiando os pés na areia, chutando a água borbulhada que as ondas traziam e recebendo no rosto a brisa salgada e fresca. Conversamos sobre quase tudo, ou seja, o que faço, o que ela faz, o que gosto de fazer, o que ela gosta de fazer, o que deixei de fazer e ela também, concordamos que o mundo está péssimo mas melhor do que quando a taxa de mortalidade era enorme, não havia penicilina nem a maior parte dos recursos médicos de hoje em dia; que o Brasil é um desastre, mas o desastre de sempre, com seus altos e baixos, desastre com mais violência e menos analfabetos. Ela queria saber sobre meus tempos de faculdade, sobre as causas que defendi, sobre como era viver em Taguatinga, sobre meus planos...

Ah, que legal, repetia a cada história que eu contava.

Quando já voltávamos à barraca, eu disse:

Obrigado por ter aceito sair comigo, e logo me arrependi da frase sem jeito.

Ela olhou pra mim com olhar interessado, como se estudasse e finalmente conseguisse ler meus pensamentos. Achei que naquele olhar havia um embrião de desejo. Logo, porém, seu olhar se desviou para o mar, indiferente. Depois que havíamos sentado à mesa, ela me olhou olhos nos olhos e riu. Seria o momento de levar a conversa a um terreno íntimo, pensei. Mirna se antecipou dizendo:

Sabia que vou me casar?

Até nisso ela me lembrava Luzia, que havia me procurado na véspera de seu casamento.
Com quem?
Com um amigo, também professor. Se conheciam havia muito tempo, mas o namoro fora recente. A iniciativa tinha partido dele. Ela hesitara a princípio; depois concluíra que era a pessoa de quem mais gostava, embora nunca tivesse pensado que pudesse ser seu marido, sequer seu namorado. Teria sido erro aceitar sua proposta? Claro que não, respondi, tranquilizando-a como quando havia turbulência no voo Brasília-Fortaleza.

Gostei de que fosse se casar e de novo pensei em Luzia. Se estava comprometida, seria menos complicada uma transa passageira, que não criaria dependências nem sequer vínculos; nos isentava de compromissos futuros.

Por outro lado, olhando no rosto de Mirna, notava uma expressão de sobriedade e de respeito para comigo que não me deixava à vontade para uma iniciativa nada séria. Eu não seria bem-sucedido, a começar por não estar convencido do que fazer.

Foi então que inesperadamente tomou conta de mim um sentimento de afeição, sentimento que também era físico, eu podia sentir em meu sangue. Se eu tivesse pele branca, certamente naquele instante meu rosto estaria inteiramente rosado. Mirna parecia mais atraente do que nunca, mas não para uma mera transa. Lógica e racionalmente, eu sabia que não deveria avançar num terreno tão perigoso quanto o do amor. Mas eu estava emocionado e deixei que a emoção me guiasse para dizer a Mirna não sabia o que, talvez que seria capaz de amá-la ou, mais ousadamente, que a amava. Voou por minha cabeça, um pouco solta e de repente, uma ideia: novo casamento. Senti um tremor por dentro. Será que eu estava apaixonado? Deveria ser sincero, dizer o que estava sentindo? Poderia ser algo muito passageiro e, além do mais, eu já não conhecia as mulheres, elas estavam mudadas. Minha sinceridade poderia pôr tudo a perder. O que dizer para começar?

Você acredita no amor? perguntei.

Tu acreditas?

Acho que só amei duas mulheres na minha vida e desejei muito uma outra, eu disse com palavras que me vieram sem plano, mas certas e necessárias.

Me conte tudo.

Continuei sincero, acho que porque estava ainda abalado pelo que me havia acontecido fazia relativamente pouco tempo. Contei-lhe sobre Clarice e sobre Patrícia. Não falei sobre Luzia, quem ela me lembrava e quem, afinal de contas, tinha me levado a ela. Com atenção a todos os detalhes, ela me ouviu fixando o olhar em mim, franzindo a testa e, por duas vezes, dando carinhosamente tapinhas sobre minhas mãos.

Durante o jantar nos desviamos do assunto pesado. Falamos de banalidades. Ela prometeu me apresentar ao futuro marido, e ficamos de nos ver de novo quando eu passar por Fortaleza outra vez. Que eu lhe mandasse um e-mail ou telefonasse. Se preferisse, um WhatsApp.

Acho que ela gosta de mim, até me admira. Só que me trata como velho, alguém que talvez lhe lembre um avô. Não é que está certa? Me senti um sujeito tão superficial quanto Luzia na véspera de seu casamento, um sem-vergonha ao ligar para Mirna, mas quem sabe vou ao casamento dela se me convidar.

O anel por enquanto vou guardar e, se não encontrar melhor destino, um dia vendo.

## 27 de agosto

Não quero rever Clarice; nem mesmo falar com ela ao telefone. Não se dignou a se manifestar quando Patrícia morreu. Se ela ligar, desligo na cara. Se escrever pelo Facebook ou enviar e-mail, não respondo. Não quero mais nada com o Riacho Negro nem com Várzea Pacífica, a não ser que seja para retomar minha ação de investigação de paternidade. Para isso tenho ainda de recompor forças.

Por enquanto meu objetivo é vender o diabo da fazendola para saldar as dívidas. Arnaldo disse que se ocupa disso, vai encontrar interessados. Prometi comissão, que ele recusou. Quero que venha me visitar. Gostou da ideia. Nunca saiu de lá, não conhece sequer Fortaleza. E tomara, apesar de tudo, que haja uma nova boa safra de algodão!

A memória é traiçoeira. Não conserva o passado; não traz de volta o que foi perdido. O que resta da fazenda do Riacho Negro, de Várzea Pacífica, são alusões pobres ao que foram para mim. O que resta da Clarice que conheci é lixo, não sei nem quero saber. O passado está morto, como disse, e, se não disse, digo agora pra quem quiser me ouvir. Morto para sempre? Não sei, a não ser agora. É triste dizer, mas é a verdade: agora estou absolutamente certo, está morto para sempre. Olho para dentro de mim: meu espírito secou, como a paisagem do sertão no auge do verão. Me sinto destruído, como minha casa de tijolo vermelho.

*10 de setembro*

Vi na tela do celular que o telefonema era de Clarice. O que ela ainda podia querer comigo? Tardei um segundo para decidir se atendia. Ouvi que não devia levar em conta as lorotas de um bandido que inventou fazer um depoimento perante uma Comissão que não delibera com força de lei; que meu padrinho nunca teria ordenado um assassinato. Absurdo! Bandido safado. Salafrário. Mentiroso. E eu um idiota de acreditar, acusou. Quase apertei o botão para desligar o celular.

Não vou discutir por telefone, respondi, sem entender por que me ligou para repetir o que, com outras palavras, tinha me cuspido na cara havia muito tempo.

Então ela revelou que Miguel está interessado em comprar o terreno, que souberam por Arnaldo estar à venda. Miguel tem afeto pelo terreno, pela casa-grande, que lhe trazem boas memórias.

Por que só agora estava se mostrando interessado naquele terreno? Por que não tinha comprado antes? perguntei.

Ligue pra ele. Apesar de tudo, gosta de você.

Pensei no que Patrícia tinha me dito no dia da enorme briga que levou à nossa separação e então perguntei a Clarice:

E você, por que não compra? O terreno não lhe traz também boas memórias?

Não. Não sou sentimental.

Ouvi um silêncio longo e inquietante.

Você é minha irmã?

Pense em mim como se fosse. Sou sua irmã, pronto. E pare de encher o saco. Não vou fazer nenhum exame, me disse o que eu já sabia, porém com menos raiva do que eu esperava.

Não aceito esta resposta.

Pois não aceite. Gosto de você, cara. Gosto como uma irmã.

Você sabe que não somos apenas irmãos.

Não sei o que você quer dizer com isso. E é melhor acabar com esta conversa.

Olha aqui, Clarice. Se você quiser ser sincera comigo, volte a me ligar. Não vou jamais ligar pra você.

Então, tchau.

## 21 de setembro

Para Miguel eu não ligaria, mas respondi a um e-mail dele dois dias depois da chamada de Clarice. Sou velho, e a velhice amansa o coração. Aceitei falar por telefone. Afinal, apesar de toda a decadência das fábricas, imaginei que dinheiro para comprar o terreno ele ainda teria. Por que não vendê-lo para um conhecido? Havia muito para discutir, mas não me sentiria bem em falar ao telefone de temas tão sensíveis como um assassinato.

Desta vez ele não perguntou sobre Zuleide. Tratamos de negócios, embora as hesitações, o tom de voz e sobretudo os silêncios quisessem também tratar dos outros assuntos, pois os silêncios podem conter lembranças, dores, desesperos, perdão, bem como mágoa e ódio. Uma ponta de orgulho não me deixaria dizer a Miguel que ainda guardava afeto por ele. Intimamente o desculpei, mas não existe perdão sem traços de sofrimento, nem reencontro sem lembrança de separação. Me imaginei brigando com ele numa duna de Tibau, trocando tiros imaginários, rendendo-o, abraçados os dois sobre a areia, e chegamos finalmente a um preço médio.

Somos irmãos que nascemos desiguais, um pobre, outro rico; que tomamos cursos distintos na vida; que, quanto mais passava o tempo, mais aprofundávamos nossas discordâncias, mas ainda assim percebemos — pelo menos é o que acho — que somos sangue do mesmo sangue e somos capazes de criar — não agora, mas, quem sabe, um dia — espaços de diálogo e reconciliação.

Sei que foi o acaso que me retirou do sertão, naquele tempo antigo e agora de novo, e que o passado não pede permissão para voltar na lembrança. Ele, o passado, continuará lá, como numa prisão, às vezes se liberando para me atormentar nas noites em claro. Os mortos, acho que disse, vivem nos vivos, e Patrícia, Clarice e Luzia — que também morreram, pois são de outro tempo — viverão em mim sempre jovens e cada uma a seu jeito.

Por que evocar o passado? Às vezes ele se esconde em objetos que não voltam jamais à nossa experiência. Noutras, o acaso traz de volta uma emoção vivida, e a ilusão nos leva a viajar e nos dá a impressão de que vivemos de novo. No entanto, devo admitir, não substitui o tempo presente, as dificuldades inerentes ao desconhecido nem as promessas incertas do futuro.

# Posfácio

Talvez mais do que seus aclamados romances anteriores, este livro de João Almino, sua obra-prima até agora, se inscreve vigorosamente no momento que a história do romance atravessa nestes inícios do século 21. Como trajetória na cultura ocidental, essa história começou na época do Iluminismo, quando o romance surgiu das funções épicas de construção e costura do mundo. Somente com o advento do romance, o final da narrativa se fez final em aberto que atrairia a curiosidade dos leitores e tornaria a dinâmica do enredo decisiva para a participação afetiva do leitor. Georg Lukács associou esse surgimento do romance de final em aberto com a condição existencial de "desabrigado transcendental", reflexo da perda da religião como moldura estável da vida humana. Porém, na nossa retrospectiva atual, descobrimos que os mais destacados romances desde o começo do século 20 se inscrevem num retorno à forma do épico, retorno da abertura narrativa e existencial à construção literária do mundo; retorno que pode muito bem contrastar com a contínua erosão da estabilidade em nossas vidas e mundos cotidianos. Enquanto uma produção de romances mais voltados ao consumo tem continuado a explorar todas as possíveis variedades de finais em aberto, absolutas obras-primas como *Ulisses*, de Joyce, *Em busca do tempo perdido*, de Proust, *O homem sem qualidades*, de Musil, ou *Grande Sertão: Veredas*, de Guimarães Rosa, têm evocado e reconstituído, na forma da ficção, mundos específicos em seus lugares físicos e específicos.

*Entre facas, algodão* compartilha desse gesto, que tem a conotação de ser fiel às origens da narrativa na cultura ocidental e ao mesmo tempo de ir além da dinâmica da Modernidade. Em vez de realçar a trajetória do enredo, sua principal dinâmica é a da moagem lenta, fundacional e, até certo ponto, circular das três dimensões indispensáveis à vida humana: espaço, tempo e família. Cada uma dessas dimensões, no texto de Almino, oscila entre uma camada de substância e uma de forma em movimento. Essa oscilação às vezes evoca o conceito aristotélico do "símbolo", que também repousa na distinção entre "substância" e "forma". No romance épico de Almino, o espaço, na sua substância, está retratado por pedaço de terra específico, território a ser vendido e comprado; na sua forma, por mapeamento de cidades e paisagens brasileiras entre as quais os protagonistas viajam. O tempo, em sua forma, move-se ao longo da sequência de dias de calendário, orientada para o futuro e potencialmente sem fim; torna-se substância no esforço sempre difícil e frequentemente enganoso de recuperar o passado como memória. Finalmente, a família é forma nas condições instáveis do casamento e das relações amorosas; torna-se substância nas reivindicações nunca certas de relações de sangue entre irmãos e gerações distintas. E a família também continua a ser a origem latente da tragédia, na medida em que pode ter perdido sua substância clássica e se transformado num jogo vibrante de gestos comunicativos.

Neste romance de Almino, o entrelaçamento complexo e pacientemente sensível dessas três dimensões é a matriz de um tom e atmosfera peculiares. Essa matriz é posta em ação pelos instrumentos e dispositivos tecnológicos que os personagens usam para interagir em suas conversas. Disso deriva uma surpreendente impressão de leveza e do efêmero, juntamente com um ritmo veloz no desdobramento da narrativa e um distanciamento estranho da voz narrativa que inicialmente parece estar em proximidade imediata e ser irresistível ao olho (e ouvido) do leitor. Como na tradição do épico, vemos um mundo surgindo. Entretanto, como ocorre frequentemente na literatura do século passado e do presente, a inflexão romanesca do impulso épico faz de seu mundo um mundo desamparado; mundo que podemos habitar tanto no espaço quanto na imaginação, sem considerá-lo lar existencial. Deixei o romance de João Almino — e, no entanto, me senti enriquecido.

Hans Ulrich Gumbrecht<br>
Professor Albert Guérard de Literatura<br>
na Universidade de Stanford

Este livro foi composto na tipologia Goudy
Oldstyle Std, em corpo 12/16, e impresso em
papel off-white no Sistema Cameron da
Divisão Gráfica da Distribuidora Record.